붉은 구름

박은주 장편소설

바밀리온

붉은
구름

박은주 장편소설

초판인쇄 | 2021년 12월 20일
지 은 이 | 박은주
펴 낸 이 | 김한창
펴 낸 곳 | 도서출판 바밀리온
전　　화 | (063) 253-2405
팩　　스 | (063) 255-2405

이 메 일 | kumdam2001@hanmail.net
인쇄제본 | 새한문화사
주　　소 | 경기도 파주시 광인사 길 211-2

출판등록 | 제 2017-000023
I S B N | 979-11-90750-13-4　　03810
정　　가 | 12,000원

* 이 책은 (재)전북문화관광재단 2021년 지역문화육성지원사업에 선정되어 보조금을 지원받은 사업입니다.

Printed in KOREA

낭창낭창한 나뭇가지가

도도한 꽃을 피우려 화려한 몸살을 앓았다

하루하루가 매몰 되어가는 생존 방식

인식 되지 않는 풍경의 페이지에는

내일을 여는 바람이 있었다

어쩌자고 울컥울컥 치미는

억새바람 입술 두드리는 소리에 뒤 돌아 보다

미완성으로 핀 열꽃, 변명의 여지가 없다

낮은 처마에 추적추적 빗소리만

약속 없이 곁에 와

몸을 반쯤 껴안은 어설픈 자세다.

2021. 어우리 서재에서

∥ 목 차 ∥

작가의 말   3

1. 씻김 굿   7

2. 영혼을 움직이는 시간들   37

3. 아가야, 살아다오   75

4. 탁   류   95

5. 바다에는 바람 귀신이 산다   123

6. 불의 나라   141

7. 어머니의 죽음   171

8. 삶과 죽음의 문턱에서   197

9. 불꽃과 아티스트들   201

10. 레드 카펫   239

1. 씻김 굿

　유족한집 셋째 딸로 태어난 성례는 어렵지 않게 어린 시절을 보냈다.

　'좋은 혼처가 있으니 딸을 시집보내라.'며 볏섬에 생쥐 드나들듯 서산댁을 찾아오는 개발코할머니는 점쟁이이며 중매쟁이이다. 양쪽을 번갈아 다니며 침이 마르도록 칭찬을 해댔다.

　마음이 약한 사람들은 점쟁이의 화살에 순한 양이 된다. 시집이라고 와 보고서야 집안 사정을 알게 된 새색시 성례는 뜨거운 햇빛을 견디지 못하는 여린 풀잎마냥 날이

갈수록 야위어 갔다.

시어머니는 서슬 퍼런 수탉처럼 사납기 짝이 없고, 막 노동판에 다닌다는 홍역 발에 얼굴이 얽어버린 시동생에 대해서는 애시 당초 들은 바도 없었다. 더구나 세 식구가 단칸방에 살고 있다는 것도 성례로서는 도저히 이해가 안 되는 부분이기도 했다.

일본에서 돈을 많이 벌어와 사업을 한다던 기수는 투전꾼이었다. 그는 언제나 포마드를 쳐 바른 머리에 가르마를 반듯이 타 넘기고, 검은 양복과 붉은 넥타이, 코끝을 찌르는 진한 향수냄새를 풍기고 다녔다. 코끝이 반질반질한 검정구두 코끝에 침을 탁- 뱉고 마른헝겊으로 반지르르 날마다 윤기가 나도록 문질러 댔다. 그야말로 그는 시도 때도 없이 노름방 아니면 기생집을 제집 드나들 듯 하는 한량 중에 한량이었다.

서산댁은 딸의 혼사가 속임수에 걸려 행해진 것을 뒤늦게야 알게 되었다.

"홀몸도 아닌 새색시를 종일 상일꾼 부리듯 하니 불쌍해 못 보겠네."

마을 사람들은 입방아를 찧고 다녔다. 그때마다 서산댁은,

"딸은 출가외인이니 그런 소리들은 내게 들려주지 마시게."

하며, 귀에 담아 두려 하지 않았다. 측간과 친정은 멀수

록 좋다는 옛말도 있거니 부디 어려움을 견뎌내며 잘 살아 주기를 바라고 바랐다. 그러나 입소문은 서산댁의 귀에 종기가 날 지경에 이르렀다.

팔월 무더위가 기승을 부리던 어느 날, 화가 머리끝까지 치솟은 서산댁은 기어이 개발코할머니를 앞장세웠다.

산을 깎아낸 구불텅한 길 중턱, 대문도 없는 집 마당에 성큼 들어섰다. 토방 조각마루에 덜 썩 걸터앉은 개발코할머니는 연초를 종이에 돌돌 말아 끝에 침을 바르고 성냥불을 붙였다. 그것을 입술로 힘차게 빨아들인 다음, 마디숨과 함께 담배연기를 길게 품어냈다.

멀리 보이는 초등학교 뒷산을 덮친 안개처럼, 희뿌연 담배연기가 허공에 선을 그으며 올라갔다. 오는 동안 개발코할머니와의 입씨름에 서산댁은 신경이 곤두 서 있었다. 집 마당 끝은 허술했다. 자칫 발을 헛디디기라도 한다면 널브러진 쓰레기와 구정물에 아무렇게나 포장되어 하천으로 나가떨어지기 십상이었다. 이 때, 서산댁의 일그러진 표정을 재빨리 읽어낸 개발코할머니가 엉덩이를 획- 돌리며 방문에 코를 대고 소리를 질러댔다.

"기수네 있는가?"

잠시 아무 기척이 없더니 회색 치마에 낡은 삼베저고리를 아무렇게나 걸쳐 입은 기수네가 띠살문을 열고 나왔다. 오십이 갓 넘은 그녀는 귀찮다는 듯, 머리에 비녀를 고쳐 꽂으며 앞을 바라보지도 않았다.

"누구여?"

늦게야 쳐든 그녀의 얼굴은, 낚시 바늘 같은 작은 눈 꼬리가 눈썹 끝에 걸려 당긴 듯 하고, 칼날 같은 콧대는 아래로 휘어져 흡사 사나운 매의 부리 같았다.

처마를 떠받치고 있는, 집 양쪽 기둥은 흘러내린 빗물에 썩어 있고, 무녀리 같은 굄돌도 튀어 나와 언제 기둥이 무너져 내릴까 위태로웠다.

조심스런 말투로 처음 대면하는 사돈지간을 인사 시키고 난 개발코할머니는 중간 입장이 곤욕스러웠던지 열린 저고리 앞섶을 양손으로 붙잡고 부채처럼 세차게 몇 번을 흔들었다.

"에고……, 이놈의 더위는 언제 간디야."

하며 애꿎은 더위에 화풀이를 해 댔다. 그리고 마당 가운데 놓인 함박지의 물 한바가지를 퍼서 벌컥벌컥 단 숨에 들이켰다. 내심 화를 가라앉힌 서산댁이 사돈지간이니 젊잖게 말을 꺼냈다.

"딸년이 요즘 입덧을 하느라 힘이든가 본디, 얼마간 지가 데려다 보살펴 보내면 안 될 까요, 사둔어른?"

그러자 낚시눈을 치켜세운 기수네가,

"아니, 이건 무슨 귀신 씨 나락 까먹는 소리디아 지금."

곧 바로 소시랑 깨지는 소리와 함께 튀어 나온 것은 벌레 씹는 말투였다. 딸 가진 부모는 죄인이라는 말도 있어 치밀어 오르는 부아를 꾹꾹 누르고, 어렵사리 눈치를 보며 꺼낸 말이었다. 일언지하의 거절에 지고 있을 서산 댁도 아니었다.

"무슨 말이 그렇게 거칠다요? 귀신 씨 나락 까먹다니, 허허 참."

"출가외인을 데려 간다니 말 되는 소릴 해야지, 이 사람아."

더위에 휘감긴 두 여자의 유리조각 깨지는 입씨름 소리는 산동네를 휘덮었다. 뒤꼍에서 가슴을 조이며 듣고 있던 성례는 둘이서 머리채를 쥐어 잡고 싸우는 지경에 이르자 뛰어 나왔다. 싸움닭 같은 두 어머니를 떼어 말리는 꼴이 되고 만 것이다. 서산댁은 옷깃을 여미며 딸에게 흥분된 어조로 빠르게 말했다.

"성례야, 너 당장 나 따라 나서라. 이 집구석이 어디 사람 사는 곳 이냐? 홀몸도 아닌 것을 이 고생을 시키고 뼈만 남았구먼 원 쯧쯧……."

"흥, 딸은 출가외인이여 상관 말더라고, 죽이든 살리든 내 식구여."

하며 파르르 떠는 기수네의 상판대기는 며느리인 성례가 보아도 그야말로 가관이 이었다. 저고리는 앞섶이 벌어진 체 가슴이 반쯤 들어나고, 어깨 부분의 실밥이 뜯겨져 내려온 소매는 똘똘 걷어 올렸다. 또, 봉두난발이 된 머리와 독사 같은 입술은 터진 피로 칠갑이 되어 있었다.

"망할 여편네가 어디 사돈네 집에 와서 행패야 행패가. 너, 못 간다."

"성례 너는 지금 나 안 따라 나서면 영영 내 딸 아니다. 내 딸 아녀, 알 것냐? 어서와."

서산댁은 피범벅이 된 손으로 딸 손목을 세차게 잡아끌었다. 그녀의 마디 굵은 손의 힘은 아무도 당할 자가 없었다.

"남의 귀한 집 딸 속여서 데려다 놓고 이게 무슨 벼락 맞을 짓이여. 다시는 이집구석 발도 들여보내지 않을 테 니 그 걱정은 마셔라이~이~."

"엄마, 그래도 어떻게, 어떻게 해요 엄 마 아---."

화가 머리끝까지 치오른 서산댁은 두려움에 울음을 터 트린 딸의 손목을 잡아끌고 사생결단 한걸음에 내달려 집으로 데려왔다. 우유 빛 같은 피부에 오동통 복스럽던 딸아이 얼굴이 한 해도 지나지 않아 마른명태처럼 되었 으니 서산댁의 속은 상한 홍어 속 같았다.

턱 수염이 하얗게 자란 아버지는 말없이 어두운 표정으 로 곰방대를 입에 물고 마당만 빙빙 돌았다. 이듬해 성례 는 건강하고 예쁜 딸을 낳았다. '나영'이라 이름 지었다. 하루가 적막한 노부부에게는 경사가 아닐 수 없었다.

나영이 세 살이 되던 해 장독위에 흰 눈이 소복하게 쌓이던 어느 추운 겨울날이었다. 마당에는 훨훨 불꽃이 타오르고 사람들이 웅성거렸다. 어린 계집아이는 겁에 질려 툇마루에 엎드려 앙- 앙- 울음보를 터뜨렸다.

외할머니가 세상을 떠난 날인줄 아이는 몰랐다. 그 후, 어린 나영은 할아버지가 보이는 뒤뜰 툇마루에 앉아서 되작거리며 놀았다. 할아버지는 넓은 텃밭에서 괭이질하며 무엇인가를 심기도 하고, 변소 한쪽에 나무로 만들어진 뚜껑을 열고 무언가를 두 개의 통에 퍼 담기도 했다. 그 통을 긴 막대 양쪽에 끼운 다음 어깨에 지고 뒤뚱거리며 밭으로 갔다. 밭 가운데에서 기다란 자루 끝에 달린 바가지로 그것을 퍼서 쫙-쫙- 뿌렸다.

집 안 밖은 온통 지독한 냄새로 뒤 덮였다. 작은 계집아이는,

"할아버지 미워."

하며, 코를 막고 다녔다. 그리고, 한동안 집 뒤쪽으로는 발걸음도 하지 않았다.

외할머니가 돌아가신지 삼년이 흘렀다. 공교롭게도 할머니의 제삿날 할아버지가 돌아가셨다.

"딸을 애석해 한 할머니의 혼백이 저승길을 가지 못하고 집안을 돌아다닌다."

"할머니의 혼백이 할아버지를 데려 갔다."

마을 사람들은 여러 입소문을 퍼트리고 다녔다. 허구한 날 술로 지내며 괴로워하는 할아버지를 데려 갔다는 것이다. 그것도 자손들이 힘들어 할까봐 '한 날 제사 모시도록 당신의 제삿날을 택일하여 데려 가신 것'이라고 사실처럼 입을 모았다.

외할아버지가 돌아가신 이듬해 나영은 일곱 살이 되었다. 반질반질 윤기가 흐르는 단발머리에 빨간 꽃무늬 원피스, 코가 봉긋한 꽃고무신에 엄마 손을 잡고 국민 학교에 입학했다. 가슴에 옷핀으로 꽂은 하얀 손수건은 나비처럼 나폴 거렸다.

담임선생님의 구령에 맞춰 아이들은 하나 둘 하면, 셋 넷 하고 소리치며 앞사람 뒤를 따라 갔다. 그렇게 삐-약 거리는 병아리 떼처럼 동무들과 '셋- 넷'을 외치며 단발머리 소녀는 일곱 살의 파릇한 봄을 내내 운동장에서 보냈다.

집이라고 해야 어쩌다 한 번 고개를 내밀던 아버지는 갑자기 나타나 다른 곳으로 이사를 가자며 서둘렀다. 어머니는 또 배가 불러오고 있었다. 나영은 정든 동리 친구들과 헤어져야 하는 것이 못내 아쉬웠다. 어른들을 따라 이사한 집도 마음에 들지 않았다. 학교 길은 너무 멀고 시골동리 아이들도 낯이 설어 혼자 놀아야 했다.

흙 마당은 더위가 아직 떠나지 않은 늦여름인데 집은 왠지 칙칙한 기운이 감돌았다. 낮은 지붕과 주인집 할머니의 기분 나쁜 인상도 그랬다. 마치 만화에 나오는 마귀할멈처럼 얼굴이 소름끼치도록 섬찟 했다.

마루에서 훤히 내려다보이는 주인집 부엌 옆에는 돌담이 있었다. 그 돌담에는 푸른 이끼들이 사계절 내내 붙어살았다. 언제나 축축하게 젖어 있고 냉기가 감도는 돌담도 나영은 할멈 얼굴 같아 싫었다. 어둡고 음침한 그 기운은 꼭 안 좋은 일을 만들고야 말 것만 같았다.

모처럼 단란한 살림을 꾸리게 된 것이 매우 흡족 했던지 아버지는 가끔씩 콧노래도 불렀다. 사내동생 용구는 누나를 무척 따랐다. 어쩌다 마실 나갈 기색이 보이면

"누나, 나도 따라 갈래."

하면서 먼저 앞장을 섰다. 봄이면 뒷산에 진달래꽃을 따먹으러 갈 때나 개울가 올챙이를 잡으러 갈 때에도 용구는 늘 누나를 따라 다녔다. 보리가 익을 무렵 캄캄한 밤에는 몰래 마을아이들과 보리서리를 했다. 불을 피워 구워 먹으면 입가에는 까맣게 검정이 묻어났다. 그럴 때에도 용구는 누나의 치마꼬리를 꼬-옥 잡고 붙어 다녔다.

추운 겨울 어머니는 두 번째 딸을 낳았다. 진통시간이 오래 걸리므로 빨리 아기가 나오도록 어머니는 생 계란을 다섯 개나 먹었다. 그 탓인지 아기가 온통 계란을 뒤

집어쓰고 나왔다. 산파를 맡은 이웃집 아주머니가 얼른 나영을 향해 손가락을 입에 대고 조용히 하라는 눈길을 던졌다. 그러나 어머니는 이미 아들인지 아닌지 확인코자 벌떡 일어나 앉아 한숨을 땅이 꺼지게 하고 있었다.

"또 딸이네, 어쩌면 좋아."

"아들 용구가 있는데도 아들 타령이야?"

이웃집 아주머니는 어머니를 나무랐다. 그래도 어머니는,

"애들 아버지가 아들을 낳아야 한다고 했어요,"

아들도 아닌 것이 계란까지 쓰고 나왔다고 이만저만 실망이 아니었다. 아들에 대한 바람이 크거나 아니면 아버지의 빈축을 사는 것이 두려웠을 것이다.

학교 길에는 측백나무와 소나무가 빽빽이 들어찬 높지도 않는 순한 산이 있어 그 숲에서 불어오는 바람을 나영은 무척 좋아했다. 좁은 골목길 숲에서 불어오는 솔바람 향기는 오후의 기다란 산 그림자처럼 나영을 따라 왔다.

그 행복은 그녀 곁에 그리 오래 머물러주지는 않았다.

여름 방학이 되어 나영은 사촌언니가 사는 황산할머니 집에 놀러갔다.

"영이야, 어젯밤에 영자네 누렁이가 강아지 일곱 마리를 낳았는데, 가볼까?"

순자언니가 논 가운데에 있는 우물가에서 빨래를 하며

옆에서 방망이질을 하고 있는 영이언니한테 하는 말이었다.

"그래, 이따 구경 가보자 예쁘겠다. 그치? 나영아, 너도 같이 갈까?"

"응, 나도 갈래."

세수 대야에 개구리 한 마리를 잡아놓고 손장난 치는 재미에 빠져 있던 나영은 건성 대답을 했다. 마을 뒤편엔 나지막한 산들이 병풍처럼 둘려져 있고, 앞 넓은 논에는 잔디처럼 푸른 모들이 낮은 바람결과 속살거리고 있었다.

논 가운데에 있는 우물물은 이십호쯤 되는 안동네 사람들을 다 먹여 살리고도 남았다. 여름밤이면 멱을 감으며 자지러지는 아낙들의 웃음소리에 개구리들이 놀라 숨을 죽이는 곳이다. 낮에는 동네 아낙들이 모여 빨래도 하며 이웃집 돼지 새끼 젖 먹는 얘깃거리까지도 나눌 수 있는 유일한 모임 터이기도 했다.

할머니는 호랑이 같아 나영은 무서웠다. 그러나 방학이면 이곳에서 살고 있는 영이언니와 놀고 싶어 멀미하는 버스를 타고 와 며칠씩 머물다 가곤 했다. 이번에도 언니와 함께 놀다 갈 양으로 여름방학을 틈 타 잠시 다니러 왔다.

할머니네 집 뒤뜰에는 꽤나 넓은 오이 밭이 있었다. 나영은 애오이를 몰래 따 먹을 심산으로 오이 넝쿨을 뒤적이고 있었다. 그 때, 앞마당에 손님이 온 모양이었다. 손님은 할머니와 한참을 얘기 하더니 마당을 빠져 나가 작은 논둑길로 멀어져 갔다. 그가 가는 것이 아름아름 보여서야 나영은 입안에 든 애오이를 꿀꺽 삼켰다. 그리고 살그머니 정지 문으로 빠져나가 굴뚝 모퉁이를 돌아 장독대에서 놀고 있는 언니 곁으로 모른 척 다가섰다.

"언니, 누구 왔다 갔어?"

먼발치서 소리만 들었다는 듯이 천연덕스럽게 물었다.

"응, 너의 외사촌 오빠라는데 널 데리러 왔다 그냥 갔어. 할머니가 낼 보낸다고 하더라."

"뭐, 사촌 오빠? 누구지? 근데 왜 날 데리러 와?"

"야, 숨 넘어 가겠다. 천천히 물어라. 용구가 많이 아픈가봐."

"그래? 근데 언니는 왜 나 안 찾았어? 그 오빠 따라 가면 좋았잖아."

나영은 화가 났지만 할머니가 무서워 참아야했다. 그리고는 동생이 걱정 되어 견딜 수가 없었다.

용구는 네 살 박이 유일한 남동생이다. 쌍 꺼풀진 동그란 눈과 오똑한 콧날, 뽀얀 살결에 무언가를 먹느라 오물거리는 입술은 다람쥐처럼 귀여웠다.

"나는 누나가 제일 좋아."

용구는 곧잘 업어 달라 조르는 것도 예쁘기만 한 동생이다.

어리지만 제법 씩씩하고 영리 했다. 잘 아프지 않던 아이 인데 사람을 시켜 데리러 까지 온 걸 보면 집에 무슨 일이 일어난 것이 분명했다.

나영은 할머니 집에 온 것을 발을 동동 구르며 후회했다. 저녁에 언니랑 먹으려고 주머니 속에 숨겨 둔 오이 한개도 멀리 던져 버렸다. 방바닥이 바늘방석인양 서서 안절부절 하던 나영은 끝내 아무도 모르게 할머니네 집을 빠져 나오고야 말았다.

완행버스는 흙먼지 날리는 자갈길을 덜컹대며 달렸다. 저녁시간이라 만원 버스였다. 문을 닫을 수 없자 차장 아가씨는 양팔을 벌려 버스의 문기둥을 잡고 '오-라-이.' 하고 크게 소리쳤다. 나영은 아슬아슬하게 매달린 차장이 용감하고 멋있게 보였다. 문가에 서 있는 사람들은 그녀가 위험하게 보였던지 안으로 들어오라고 소리소리 질러댔다. 서커스단이 묘기를 보여주듯 빨강 모자의 차장 아가씨는 달리는 버스에서 사람들을 짐짝처럼 밀어 넣고 문을 닫았다.

버스는 자갈길을 덜컹대며 달렸다. 달리는 것인지 구르는 것인지 나영은 구역질이 났다. 꽉 찬 콩나물시루 속 같은 버스 안은 어쩌다 창문으로 바람이 획-들어오면 사람들의 옷에 배인 자릿내며 음식 냄새가 몰칵 콧속을 후비고 들어와 속을 한바탕 뒤집어 놓았다. 차멀미에 견디다 못한 나영은 바닥에 주저앉아버렸다. 겨우 여덟 살 난 계집아이는 밀치닥거리는 인파속에서 질식하거나 깔려 죽기 직전이었다.

"아이고, 애 죽이네. 저리 좀 비켜 봐요."

아주머니 한분이 나영을 깔아뭉갤 것 같았는지 큰 소리를 치며 키 큰 아저씨를 힘껏 밀쳐냈다. 덕분에 나영은 살 것 같았다. 괴물 같은 버스가 종점에 도착했다. 우르르 봇물 터지듯 사람들이 쏟아져 내렸다. 그 틈새에서 나영은 사색이 된 얼굴로 내렸다.

몇 발 걷지도 못해 나영은 길가에 주저앉았다. 머리를 벽에 대고 점심때 국수 먹은 것하며 오이 먹은 것을 모두 토해 내고야 일어났다. 다리가 후들거려 흙바닥에 주저앉아가며 삼십분 정도 걸어서 집 앞에 당도했다.

열려진 대문으로 들어서자 집안 분위기가 심상치 않았다. 어머니는 활짝 열어 놓은 방문턱에 한쪽 무릎을 괴고 멍- 하니 앉아 있었다. 얼굴은 퉁퉁 붓고 헝클어진 머리하며 옷매무새가 평소의 엄마가 아니었다. 불길한 예감이 스쳤다. 울안으로 들어서는 딸을 본 어머니가 갑자기 비명처럼 소리를 질렀다.

"아가, 큰 누나 왔다. 용구야, 어디 있냐? 내 새끼야. 왜 이제 오냐, 용구가 너 기다리다 조금 전에 아주 갔구나. 흐으으윽."

방바닥을 치며 대성통곡을 하던 어머니는 미친 사람처럼 몸부림치다 자지러졌다. 나영은 말문이 막혀 한참동안 넋 나간 사람처럼 서 있었다. 기진하여 쓰러진 어머니를 바라보았다. 옆에서 서영이가 울고 있었다. 그때서야 나영은 간밤에 용구에게 큰일이 있었다는 것을 짐작했다. 주인집 할머니와 동네아주머니가 말해 주었다. 용구가 하늘나라에 갔다고…….'

  '꿈이다. 이건 꿈이다. 실감이 나질 않는 이 상황은 모두 꿈인 것이다.'

  저녁을 먹은 것이 체했던지 토사광란 끝에 시름시름 앓는 아이에게 옆집 간호사 아가씨가 와서 응급 처치를 했던 모양이었다. 그것이 화근이었다고 했다. 엉덩이에 주사를 맞았는데 그 후 보채지 않고 잠든 아이를 보며 어머니는 마음을 놓았다는 것이다. 나영은 동생의 죽음을 눈으로 확인하기 전에는 믿을 수 없다고 울며 뒹굴었다. 어른들이 말하는 '잠풍'이라는 뜻도 이해되지 않았다. 날씨가 더운 때라고는 해도 하루도 지나지 않아 내다 버리다니 나영은 화가 나서 견딜 수가 없었다.
  아무리 악을 쓰고 울어도 용구가 어디로 갔는지 말해주는 사람은 아무도 없었다. 동네사람들은 먼 산 길가 가족이 알지 못하는 곳에 묻는 것이라고 말했을 뿐이었다.

밤늦게 치달려 온 기수는 온몸이 불덩이 같은 아들을 등에 업고 어스름 저녁 흙길을 황망하게 뛰었다. 집에서 2키로가 넘는 병원은 그날따라 더 멀기만 했다. 아이는 등에서 바들바들 떨고 있었다. 화살처럼 달려 왔으나 병원은 문이 잠겨 있었다. 기수는 미친 듯 잠긴 문을 두드렸다.

"여보세요, 문 좀 열어주세요. 빨리요. 아기가 죽어가요. 여보세요."

피가 마르는 처절한 비명이었다. 짐승 같은 울부짖음이었다. 누군가 화급히 문을 열어 주었다. 의사는 아이를 진료실로 데려다 청진기를 대보았다. 눈꺼풀도 열어 보았다. 그러나,

"이미 숨이 끊어졌습니다."

마치 재판관이 죄인에게 형벌을 내리는 것처럼 의사의 말은 처형이나 다름 없었다. 기수는 불타버린 보릿대처럼 힘없이 무너졌다. 차갑게 식어가는 아들을 등에 업고 집으로 돌아오는 길은 서럽고도 멀었다. 어린것의 죽음이 믿어지지 않았다.

"아가, 용구야? 자고 있는 거지?"

머리를 등에 부린 체 대답 없는 어린 아들을 자꾸만 불러 보았다. 얼마 전만 해도 아들은 '아빠, 아빠'하며 뒤따라 걸었던 길이었다. 눈 감고도 집을 찾아 갈 수 있는 길,

솔바람 불어오는 낯익은 골목길은 전혀 모르는 길처럼 낯설었다. 조그만 고사리 손은 등에서 대롱대롱 매달렸다. 넋이 빠진 그는 신발도 신지 않은 맨발이었다. 발바닥은 이미 피 범벅이가 되어 있었다. 기수는 느린 걸음에 맞추어 노래를 불렀다.

잘 자라 우리 아가 앞뜰과 뒷동산에
새들도 아가들도 다들 자는데
달님은 아가에게 은구슬 금 구슬을 보내는 이 한밤
'잘 자라 우리 아가, 잘 자거라 우리 아가야.'

피를 토하는 흐느낌이었다. 그의 흐느낌은 집에 다다를 때까지 계속 되었다. 달빛은 서늘하고 새들의 울음소리는 기수의 골수를 더욱 갈기갈기 후벼 파고 있었다. 한밤중이 되어서야 집에 당도하여 아들의 시신을 안고 흙마당에 엎어져 짐승처럼 울었다.

*

용구는 제일 좋아 했던 누나를 애타게 기다렸을 것이다. 어스름 저녁이 다 되어도 아침이 되어도 누나는 오지 않았다. 더 이상 지체 할 수 없다며 이제 겨우 4살 밖에 안 되는 어린용구는 가마니에 말리고 마을 누군가의 지게에 실려 영영 집을 떠났다.

용구가 허망하게 떠난 뒤, 나영의 가족들은 그 후유증에 몹시도 시달렸다. 아버지에게는 자신의 등에 업혀 싸늘하게 가버린 귀한 아들이었다. 아버지는 차츰 변하기 시작했다. 마치 신들린 사람처럼 바들바들 떠느라 밤잠을 설치는 날이 많아졌다. 다시 술과 투전세월을 보내며 폐인이 되어갔다. 만취가 되어오는 날이 잦아지더니 급기야 술에 만신창이가 된 어느 날 밤,

"네가 내 아들 죽였지?"

하며, 다짜고짜 어머니의 멱살을 잡고 흔들었다. 어머니의 애간장은 더 녹아들고 있었다. 어린 자식들을 두고 차마 목숨을 끊지 못했을 뿐이다. 무서워 사시나무처럼 발발 떨고 있는 딸들에게까지 아버지는 술 냄새 물큰 풍기며 달려들었다.

"딸년들은 다-아 소용 없다."

밤마다 팔을 내저으며 고래고래 소리를 질렀다. 그러다 보니 어머니와 말다툼 하는 날이 잦아졌다. 그러던 어느 날, 아버지는 가족을 버리고 썰물처럼 집을 빠져 나갔다. 그 후, 남은 가족들도 그 괴이한 돌담집을 떠났다.

한 해가 지나 동생의 주검이 믿기지 않던 나영은 다시 그 집을 찾아가 보았다. 담 모퉁이 어디선가 '누나.' 하

고 부르며 뛰어 나올 것만 같아 귀를 모아 두리번거렸다. 남고산성 길가에 오가는 사람들과 길동무가 되었다는 바람의 속삭임만 어렴풋 귓전을 스치고 지났다.

파랗게 이끼가 끼어 음침하고 냉기가 도는 돌담은 온몸에 소름이 돋게 했다. 나영은 새삼 으스스한 한기에 몸을 떨었다.

아들을 잃고 딸 둘을 데리고 어머니는 이사를 했다. 또다시 친정에 드난살이를 하기로 작정 한 것이다. 조석으로 보는 손아래 올케에게 창피하기도 하고 동생에게는 미안하여 되도록 그들과 얼굴을 마주치려 하지 않았다. 식량이 없어 굶게 되는 날에는 행여 올케에게 그 모양새가 들킬까봐 물만 가득한 빈 가마솥에 불을 지폈다.

풀무질에 멥겨를 한줌씩 아궁이에 던지면 어머니의 얼굴은 조명등을 비춘 듯 환 했다. 어린 나영은 보았다. 붉은 눈물이 매운 연기 탓인 것처럼 흘러내리는 것을……

어쩌다 부역일이 생긴 날에는 하루노임으로 밀가루를 받아왔다. 그런 날은 빵이나 수제비를 끓였다. 철부지 동생은 언제 익느냐며 부엌 문턱이 닳도록 넘나들었다. 광주리에 채소를 담아 머리에 이고 행상을 다니기도 했고, 사람들이 많이 다니는 길가에 앉아 물러버린 복숭아를 팔기위해 행인들을 붙잡기도 했다.

끈질기던 가난의 세월이 더디게도 흘러갔다. 삶의 시달

림 속에서 어머니는 무쇠뭉치처럼 강해져갔다. 날이 지날수록 어머니의 발소리에서는 칼바람 소리가 났고 세상에 못 할 것이 없어 보였다. 목소리는 크고 빨라져 누가 봐도 항상 화난 사람이었다. 그것은 가족의 생존을 가름하는 긴장의 연속이었기 때문일 것이다.

한참동안 밖으로 떠돌던 아버지는 가끔 밤으로 슬그머니 다녀가기 시작했다. 한 밤중에 두지에 쌀을 가득 부어 놓고 그 밤에 가기도 하였고, 봉지에 보리를 담아 손에 들고 오기도 했다.

그렇게 아들에 대한 슬픔이 산등성이 붉은 노을처럼 뭉그러질 즈음 어머니는 다시 배가 불러오기 시작했다. 일요일이어서 모처럼 집안일을 돌보고 일찍 잠자리에 들었다.

출산예정일이 한 주 가량이나 아직 남았는데 어머니는 그날따라 초저녁부터 자리에 누웠다. 부은 몸을 뒤척이며 자꾸만 벽 쪽을 향했다. 나영은 아까부터 가늘게 떨고 있는 어머니의 어깨를 보았다. 참으로 거칠고도 어두운 삶을 무겁게 짊어진 것에 비해 작은 어깨라는 생각이 들었다. 호미로 파 놓은 고랑 같은 어머니의 등 뼈마디를 세어 보았다. 그 때, 열세 살 어린 나이에 하필 어울리지 않는 가수 이미자에 '여자의 일생'이라는 노래가 떠올랐다.

'참을 수가 없도록 외로워도 슬퍼도 여자이기 때문
에…….'

그때였다.

"나영아, 안자니?"

여전히 벽 쪽을 바라보며 어머니는 볼 맨 소리로 그녀를
불렀다. 자는 척 꼼짝하지 않고 있었지만 잠들지 않았다
는 것을 어머니는 이미 알고 있었다.

"엄마 왜요?"

깜짝 놀란 나영은 어머니의 속울음을 전혀 모르고 있었
다는 듯, 잠속인 듯 반쯤 놀란 시늉을 하며 말끝을 올려
대답했다.

"내일 너 회사 하루 쉬었으면 해서……."

어머니는 깨진 유리조각을 줍듯 조심스럽게 말끝을 흐
렸다. 그 언어는 양철 차양에 후-두둑 떨어지는 굵은 빗
소리와 혼합 되어 확실한 소리가 되어주지 못하고 어
디론가 사라졌다.

삶과 죽음이 치열한 전쟁터의 수백만 마리의 말발굽 소
리와도 같은 절체절명의 순간처럼 무언가 공포를 유발시
키는 빗소리였다. 여전히 벽을 향한 힘없는 목소리에는
딸의 의사를 묻는다기보다 큰일을 앞두고 두려운 나머지
아직 어린 딸이지만 그나마 의지하고 싶은 안타까운 심
정이 그대로 묻어나 있었다.

그동안 출산의 경험으로 어머니는 산기를 느꼈을까? 반갑기도 하고 한편 걱정스럽기도 하여 나영은 벌떡 일어나 앉았다.

"엄마, 그렇게 할게요. 내일 드디어 예쁜 동생이 태어날 모양이지? 그래요?"

하고 정색하여 반기 듯 말했다. 딸의 속내를 알든 모르든 나약해진 어머니의 마음을 조금이나마 위로해 주고 싶었다.

"안가도 돼?"

"네, 괜찮아요. 엄마."

또 딸을 낳지 않을까 두렵기도 했지만 해산을 해야 할 장소가 걱정 되었던 엄마의 마음을 나영도 모를 리 없었다. 어머니로서는 친정집이기에 더 가시방석이었다. 더구나 외숙모의 산달이 어머니와 같았으니 그것이 탈이라면 탈이었다.

같은 달, 한 지붕 밑에서 두 아이가 태어나면 한 아이는 잘 못 된다는 속설 때문이었다. 그러니 더부살이 하는 우리가 다른 장소로 옮겨 몸을 풀어야 한다는 말을 외숙모가 이모를 통해 전달해 왔던 것이다. 그 것이 사실이라면 당연지사였다.

어머니는 손아래 올케에게 창피한 일이었으며 태어날 아기에게도 미안한 일이 아닐 수 없었다. 집 없는 설움에 남편이 더욱 원망스러운 것도 사실이었다. 궁여지책으로 집채와 떨어진 대문 옆에 따로 지어져 있는 측간에서 아기를 낳아야 했다.

밖에는 소나기에 천둥소리까지 요란했다. 어린 나영은 모든 것이 공포였다.

측간은 나영이 태어나기 전부터 그곳에 있었다고 한다. 지붕에 기와를 얹고 남은 기왓장이 옆에 수북이 쌓여 있었다. 어머니는 그 기와조각을 몽글게 빻아 놋그릇을 닦을 때 사용 했었다.

6.25를 격은 그 시절 부속건물치고는 꽤 실 했던 그곳은 나무로 된 두터운 문에 손잡이가 동그란 쇠고리로 되어있어 겨울이면 그 문고리가 얼어 손이 쩍쩍 달라붙기 일쑤였다. 그래서 할아버지는 헝겊조각을 감아 놓기도 했었다. 문 양 옆으로는 나무로 된 가리개가 있었는데 그 안쪽에는 배설물이 가득차면 퍼내기 위한 곳이 자리를 차지하고 있었다. 다른 한쪽은 용변을 보는 사람들이 사용해야 하므로 해산할 장소는 배설물을 퍼내는 곳, 그 뚜껑 위였다.

지붕이 없는 장소였던 만큼 설상가상으로 비가 계속 내린다면 큰 일이 아닐 수 없었다. 다행히 날이 새자 밤새 천둥소리까지 요란하던 빗소리가 멎었는지 밖이 조용해졌다. 하느님의 도우심이라는 생각이 들었다. 하마터면 우산을 들고 서 있어야 할 산실이 될 뻔 했다.

상상만 해도 끔찍했다.

"엄마, 괜찮으세요?"

"응, 괜찮으니 걱정 말고 아침밥은 네가 준비해라."

"예, 엄마."

어머니는 다른 날보다 몸이 훨씬 무거워 보였다. 오늘은 새 식구를 맞이하는 날 인 만큼 집안 청소도 깨끗이 해두어야 했다.

초삼일이 되면 어머니는 언제나 첫새벽에 일어나 정안수 한 종지와 수북이 담은 쌀 한 그릇을 준비했었다. 그것을 소반에 담아 윗목에 차려 놓고 촛불을 켰다. 그리고 가족을 위해 두 손을 모아 정성스레 빌곤 하셨다. 어머니가 그랬듯이 나영은 어느 神인지는 모르지만 마음속으로 간곡히 빌었다.

"삼신할머니, 제발 아들을 낳게 해주시어 우리 엄마 소원 좀 풀어주사이다."

아침상을 물린 후, 아직 철없는 동생은 동네 아이들과 놀다 오라고 일러놓았다. 나영은 설거지를 하고 있었다.

"나영아, 이모 좀 불러 오너라."

방에 있던 어머니의 다급한 목소리가 들려왔다.

"네, 엄마."

나영은 친정에 다니러온 이모에게 달려갔다. 이모는 어

머니가 부른다는 소리에 화들짝 놀라 알았다며 먼저가라는 시늉으로 손사래를 쳤다.

아침상을 들여갔을 때 어머니는 벽장에서 가위와 실 꾸러미, 그리고 작은 이불과 새색시 적 붉은 자락치마를 꺼내고 있었다. 아마 해산에 필요한 물건들 인 것 같았다. 허둥지둥 나타난 이모는 곧장 어머니의 자락치마부터 가지고 나오더니 넓게 펴서 측간 한쪽을 막는 작업을 시작했다. 나영도 이불은 물론, 여러 가지 준비물을 거들었다.

'이곳에서 꼭 아길 낳아야 하나?' 하는 생각에 불쾌하기도 했으나 입을 꼭 다물었다. 이윽고 출산이 임박해짐을 느낀 어머니는 치마커튼 안의 이부자리에 눕고 이모는 곁에서 어머니의 마음을 달래기 시작했다.

"이 사람아, 너무 서운해 말게, 어쩌겠는가, 귀녀네 산달이 자네와 같으니 넓은 마음으로 이해하고 순산이나 하기를 빌게."

어머니는 진통을 참으며 이를 악물고 목울음을 울었다. 부엌과 방을 드나들며 안절부절 하는 나영의 귀는 온통 치마커튼 너머에 있었다.

"언니 이-, 흐 흐흑, 으 으음! 어 머 니 이-"

꽤 긴 시간을 어머니는 신음을 토했다. 얼마나 시간이 흘렀을까 한여름 햇살을 뚫고 아기 울음소리가 허공을 갈랐다.

"응 애 애, 응 애 애, 응⋯⋯."

갑자기 울음소리가 뚝 끊겼다. 아기 울음소리가 일순 멈추자 찰나 긴장이 흘렀다. 이어 긴박하고 고조된 이모의 질책 섞인 목소리가 빠르게 들려왔다.

"아이고 이 사람, 이게 대체 무슨 짓이여 지금, 이거 못 놔?"

이윽고 갓난아기의 울음이 이모의 비명 사이로 흘러 나왔다. 이어 신음 소리 같은 어머니의 울음에 나영은 가슴이 '쿵.'하고 내려앉았다. 심장이 터져 밖으로 튀어나올 것 같았다.

저 안에서 무슨 일이 일어난 것일까? 또다시 이모의 목소리가 들려왔다.

"이러는 것 아니라네, 딸도 내 자식밖에 없는 것이여, 이게 무슨 천벌 받을 짓인가, 우는 아이 입을 틀어막다니 쯧쯧⋯"

"응 애⋯⋯ 애, 응 애⋯⋯."

그 사이 아기는 서러운지 다시 마디 울음을 울었다.

"언니, 흐으윽- 이제 나는 어떻게 살아, 팔자도 왜 이리 기구하다우."

딸이었다. 세 번째 딸, 먹물처럼 까만 머리와 쌍꺼풀진 동그란 눈, 백옥처럼 뽀얀 살결의 아기는 어머니의 통곡 끝자락에서 세상을 보았다. 새파란 하늘을 끌어 당겨 놓

고 강그러진 울음으로 태어남의 한 획을 그었던 기구한
운명의 아기였다.

*

안채 넓은 방에서 딸아이를 출산했던 외숙모는 출산 후
유증으로 고생이 심했다. 그녀는 이듬해 봄, 복사꽃 흐드
러지던 날 그 꽃 보다 더 화려한 꽃상여를 타고 예쁜 딸
을 남겨 둔 채 다시 돌아 올 수 없는 먼 곳으로 떠나고 말
았다. 나영은 공수네 다리를 넘어가는 외숙모의 호화스
런 꽃상여가 가물가물 보이지 않을 때까지 그 자리에 서
있었다. 외숙모가 두고 간 딸 귀영이, 그 아이는 세상에
태어나 첫 이래도 지나기 전, 꾸-울-꿀 하며 돼지 멱따
는 소리로 울었었다. 어른들은 아기가 부정을 탔다고 했다.
돼지를 잡은 사람이 집에 다녀갔다는 것이다.
  '그래서 외숙모가 죽었을까?'
  그 의문은 풀리지 않았고, 외할머니 손에서 길러지던
귀영이는 엄마를 잃은 다음해 시름시름 앓다 어느 날, 하
얀 천에 쌓여져 누군가의 지게위에 얹혀 그 아이도 어디
론가 떠나고 말았다.
  큰외삼촌은 일 년에 한 번씩 스님을 불러 밤새 독경
을 하게 했다. 귀신을 달래는 불경으로 천수경(千手經)이

라고 했다. 그날은 음식을 거창하게 장만하는 날이었다.

"이 집은 귀신을 너무 섬겨서 잡귀들이 득실거리는 집이야."

동네 사람들은 이렇게 수근 댔다. 그 입소문은 꼬리 연처럼 바람을 타고 잘도 날아다녔다. 그 뒤 외삼촌은 아내(후처)를 두 번 더 들였으나 모두 측간에서 낙상하여 세상을 떠났다.

어느 날 큰외삼촌은 무슨 마음이었을까. 망자의 영혼을 달래주는 씻김굿(저승굿)을 해야 한다면서 날을 잡았다. 먼 인척들까지 나서서 며칠 전부터 음식 장만에 모두들 손을 모았다.

굿이 시작 되자 처음엔 독경만 하여 지루했으나 神들이 등장하는 절정에 다다를 때는 나영 또래의 아이들과 어른들까지 구경거리에 신바람이 났다.

굿판의 중간쯤, 전등과 촛불을 모두 끄고 한참을 기다린 뒤, 불을 켜서 처음부터 상 밑에 놓아두었던 시루에 가득 담긴 쌀을 확인하는 과정이 있었다. 망자가 극락왕생 했음을 확인하는 것이다. 나영은 외숙모가 새가 되어 남겼다는 발자국을 보았다,

망각의 강을 건너는 굿의 마지막 부분에서는 무녀가 짚으로 배를 만들어 하얀 명주천을 가르며 용선을 타고 저승길을 가는 행위였다.

'간다 가- 안- 다~~ 아~~. 나는 간다~~, 아~~아~~아~~.

이때는 망자의 영혼이 이승에 있는 가족과 소통하는 시간이기도 했다. 무녀를 통해 부르는 망자의 애절한 곡은 눈물 없이 들을 수가 없었다. 가족들은 무녀가 쓴 고깔에 누가 먼저랄 것도 없이 망자에게 주듯 노잣돈을 끼워 주었다.

그 뒤 얼마 지나지 않아 큰외삼촌은 사연 많은 그 집을 처분했다. 불쌍한 누나인 나영의 엄마에게는 한적한 시골에 집 한 채가 딸린 만평 남짓한 과수원을 사주었다.

그곳에서 엄마는 바라던 아들 무성이를 낳았다. 어머니는 용구가 환생했다고 믿었다. 아니 그렇게라도 믿고 싶었는지도 모른다.

2. 영혼을 움직이는 시간들

병원 현관문이 열리고 찬 공기가 여자 보다 앞서 휙- 들어왔다. 가녀린 몸매에 마른 덤불 같은 긴 머리채를 바람이 한번 홀렁 건드리자 문이 닫혔다.

이십도 체 안 되 보이는 앳된 얼굴이 석고상처럼 희었다. 그녀는 볼록한 배를 감추려는 듯, 펑퍼짐한 검은 외투를 감쌌다. 안으로 짙은 보라색 원피스가 힐끗 보였다. 잠시 머뭇거리던 그녀는 진찰 받으러 왔느냐는 나영의 말에 쌍꺼풀 진 동그란 눈을 굴리며 고개만 끄덕였다. 나영은 몇 마디 물어 접수를 마치고 곧바로 진찰실로 안내했다.

속옷을 벗으려다 멋쩍어 하며 나영을 바라보는 그녀는

귀엽기까지 했다.

"만 7개월 되었네요. 태아는 정상이며 아주 건강합니다."

진단 결과를 알려주는 원장은 그녀에게 선물을 주듯 밝은 미소를 지어 보였다. 그러나 그녀는 전혀 행복해 보이지 않았다. 굳어 있는 표정으로 아랫입술을 지그시 깨물며 원장의 눈길을 피해 창 쪽만 바라보았다.

"……."

짧은 침묵이 흘렀다. 원장이 다시 부드러운 소리로 물었다.

"무슨 고민 있으신가? 엄마를 닮으면 예쁜 아기를 낳겠구먼."

여자는 무슨 말을 해야 할지 잠시 망설이는 듯하더니,

"저……. 선생님! 아기를 떼러 왔어요."

"뭐라고? 일곱 달이나 된 것을?"

원장은 말끝을 올리더니 그녀를 빤히 쳐다보았다. 짐짓 놀란 말투였으나 이미 짐작은 하고 있는 듯 했다.

"네, 낳을 수 없어요. 부끄럽지만 저는 미혼입니다. 그리고 나이가 아직 이십도 안 되었어요."

여자는 점점 뻔뻔해지고 있었다. 원장은 낙태 시기가 너무 지났다고 말 하며 회전의자를 획- 창 쪽으로 돌렸다. 여자는 더욱 막무가내로 매달렸다.

"선생님 제발 부탁이에요. 수술 해 주세요. 네?"

참으로 난감한 일이었다. 원장은 여전히 널찍한 등을 보이며 마지못해 던지듯 한 마디 했다.

"정 그렇다면 위험한 수술이니 애 아빠를 데려오도록 해요."

그 말은 반승낙이나 다름없었다. 그러자 여자는 갑자기 돌변했다.

"제발 제 사정 좀 봐주세요. 아기 아빠는 없어요. 수술을 해주지 않으시면 저는 이제 죽을 수밖에 없어요."

그 녀는 등 돌린 원장의 앞으로 가더니 털썩 주저앉았다. 살려 달라고 애원하며 원장을 올려다보았다. 조금 전 귀엽고 순진해 보이던 모습은 어디에도 없었다. 눈에서는 금방이라도 눈물이 주르르 흐를 것만 같았다. 창문의 빛바랜 커튼을 응시하던 원장은 티셔츠 윗주머니에서 담배 한 대를 꺼내어 입술에 걸치듯 물었다. 잠시 후 앞니로 질근질근 깨물더니 성냥불을 붙여 작은 불씨들을 폐 깊숙이 빨아 들였다. 천정을 향해 후- 하고 연기를 내 뿜었다. 담배연기는 공중에서 회오리쳤다.

그것들은 밖으로 빠져 나가지 못하고 지하실 창고의 퀴퀴한 냄새처럼 진찰실을 배회했다. 작은 공간에서 중앙을 차지하고 서있는 연탄난로위의 누런 주전자에서는 물이 달그락거리며 끓고 있었다. '그녀를 설득하나로 내기에는 이미 늦었다.' 하고 종알거리는 것 같았다. 아직 어린 그녀가 산달을 채워 아기를 낳게 된다면 훗날 무슨 불행이 찾아 들지 알 수 없는 일이었다. 결국 생떼로 일관하는 그녀의 청을 거절하지 못한 원장은 수술을 허락 할 수밖에 없었다.

칠 개월 된 태아를 낙태 시킨다는 것은 촉진제를 이용하여 유도 분만을 하는 것이다. 만일 촉진제 투여에도 진통만 있을 뿐 나올 기미가 없이 시간만 경과되면 산모가 위험하게 된다. 체력이 떨어지는 것은 물론 태아는 태내에서 사산될 확률이 높아지는 것이다. 그렇게 되면 산모를 살리기 위한 응급조치를 해야 만 한다. 나영은 그것이 두려웠다. 얼마 전에도 그런 예가 있었다.

젊은 남녀가 나란히 병원 문을 열고 들어섰다. 여자는 마른명태 같았다. 여섯 달 된 태아를 낙태 시키고자 온 것이다. 무슨 사연인지 위험을 무릅쓰고라도 부득이 수술을 시키겠다고 고집을 부렸다. 사정을 듣고 난 원장은 그날도 가슴에 실오라기처럼 엉킨 답답함을 뱉어내듯 담배연기를 천정을 향해 뿜어냈다. 그들은 한 치의 망설임이나 죄의식도 없어 보였다.

유도 분만이 시작 되었다. 반복되는 촉진제 투여에도 진통만 있을 뿐 태아는 나올 기미를 보이지 않았다. 산모는 점점 기력을 잃어갔다. 원장은 맥박이 약하다며 분만 시도를 중지하고 수술 준비를 서둘도록 했다. 자정이 지나고 있었다. 산모의 혈관을 통해 전신마취제가 흘러 들어가자 수술대 위의 여자는 삶은 배춧잎처럼 몸을 부렸다. 수술이 시작되었다. 쇠붙이가 여린 살갗을 통과해 깊숙이 들어갔다. '툭' 하는 물 찬 풍선 터지는 소리와 함께 핏물 섞인 양수가 원장 앞으로 순식간에 달려들었다. 살아있는 생명의 마지막 보호막이 허물어진 것이다. 원장은 습관적으로 한발 물러섰으나 곧 아랑곳없이 본격적인 수술에 들어갔다. 수술대 아래 플라스틱 통으로 태아의 살점이 검붉은 피와 엉겨 붙어 쏟아졌다. 비닐을 깔아 놓은 바닥도 여기저기 핏물이 튀기 시작했다. 한 생명이 무자비한 쇠붙이 앞에 힘없이 끌려 나오고 있는 중이었다. 발가벗겨진 여자의 불룩하던 배는 요동치다 이내 자지러졌다. 칠순이 가까운 원장은 혼자 말처럼

"이제 나도 늙었나 보다. 병원을 때려 치든지 해야지 내 명대로 못살겠다."

하며 피 묻은 쇠붙이를 장갑 낀 손에서 내려놓고 '휴~' 하는 한숨과 함께 의자에서 일어났다. 그리고 큰 숨한 번 더 몰아쉬고 허물을 벗듯 붉게 젖은 장갑과 가운을 벗어 던졌다. 그의 이마에는 식은땀이 송글송글 맺혔다. 피비린내 진동한 수술실은 오장육부 다 쏟아 낸 여인의

허탈함이 고물거렸다.

　대충 청소를 마친 나영은 방으로 들어갔다. 바르르 몸이 떨렸다. 동이 트기까지는 아직 시간이 남아 있었다. 으스스한 몸을 베개 없이 맨바닥에 뉘고 이불을 머리까지 덮어 썼다. 스르르 잠속에 든다.

*

　동리와는 조금 떨어져 있는 일만 평 남짓한 드넓은 과수원에 입춘이 찾아들면 그토록 완강했던 동빙(凍氷)의 대지도 속살부터 섞으며 서서히 녹아들기 시작한다. 마구잡이로 고개를 디밀고 나오는 새싹들과 어디에서나 자유롭게 피어나는 꽃들, 동녘 하늘에서 찬란하게 떠오르는 태양을 가로막을 자는 아무도 없다. 그것은 자연의 섭리이기 때문이다.

　가슴을 대문처럼 활짝 열고 숨을 들이마시면 대지의 정기가 몸속으로 빨려 들어오는 듯하다. 모두가 사랑스럽다. 굴뚝에서는 잿빛 연기가 봉화처럼 피어오른다. 구수한 밥 냄새가 싸-아한 새벽 흙냄새와 섞인다. 그 냄새는 몸의 습한 가스를 밀어내고 있던 나영의 코를 진하게 자극한다. 이어 풋풋한 이른 아침 밥상이 어머니의 손에 들려 부엌문을 나와 마루에 놓인다.

"밥들 먹어라."

밥상이 마루에 놓아지면 방으로 들여가는 것은 아버지의 몫이다. 모두가 오순도순 둘러앉는다. 강추위를 버티어낸 향긋한 냉이국과 한입에 사그락 거리며 씹히는 총각김치, 밥그릇 높이만큼 더 소복이 올라온 아버지의 고봉밥에서는 김이 모락모락 오른다.

봄은 희열의 시간을 쥐고 오래 머물러 주지는 않는다. 복사꽃과 이화의 몽실몽실 한 봉오리가 하나, 둘 튀밥처럼 터지면 실한 것 두어 개 남기고 속아내는 작업이 시작된다. 이때쯤 과수원은 온통 꽃밭이다. 선택된 꽃들은 그들만의 노력을 아끼지 않는다. 사방에서 불어오는 바람을 이겨내려 무진 애를 쓴다. 약한 것들은 스스로 자해하기도 한다.

떨어진 꽃들이 별빛을 받아 토하듯 이야기를 쏟아내는 밤이면, 나영은 시루떡처럼 그들 위에 누워 밤하늘에 편지를 쓴다. 그녀의 몸 위로 꽃잎이 눕는다. 함께 꽃이 되는 시간이다.

아침 일찍부터 아낙들은 높은 사다리에 올라서서 꽃을 딴다.

"영자네 개가 어제 새끼를 낳자마자 아홉 마리를 모두 물어 죽였데."

"어머나! 잔인하게 왜 그랬데?"

"새끼 낳을 때, 부정 탄 여자가 집으로 들어 왔다지 아
마⋯⋯."

아낙들의 이야기는 끝이 없었다.

"가게 집 주인 남자가 순자엄마와 바람을 피웠데."

"그래? 그럼 양쪽 집에서 난리가 났겠구나."

아낙들은 동네 소식통이다. 쉴 사이 없이 꽃은 떨어지
고 살아남은 것들은 열매가 되어간다. 그중에서도 실한
것 한개만 남기고 마지막 제거 작업에 들어가면 비로소
선택된 열매는 보호 받게 된다.

풀이 수북한 논둑길과 동네 방죽을 지나면 안동네가 보
인다. 안동네에는 외가가 있는데 큰외삼촌 가족과 신혼
부부인 작은 외삼촌 내외가 살고 있었다. 작은외삼촌은
농사와는 거리가 멀었다. 하지만 고향집이라서인지 결혼
을 해서도 떠나지 못하고 도시로 출퇴근하며 살고 있었다.
작은외숙모는 동네 바쁜 일손을 곧 잘 도와 부지런하다
고 어른들께서 칭찬이 자자했다.

동네에는 구멍가게가 하나 있다. 그곳은 아버지 심부름
으로 익숙한 주막집이다. 아낙들이 일을 마치고 각자 집
으로 돌아가면 나영은 언제나 대충 쭈구러진 노란주전자
를 들고 주막으로 향한다. 논길을 지날 때면 뱀들이 스르
륵 기어 다니는 것쯤은 예사여서 막대기를 가지고 다녀
야한다. 구렁이, 꽃뱀들이 또아리를 틀고 앉아 개구리를

삼키는 모습도 간간이 볼 수 있다. 과수원 옆 방죽 갓길은 좁아서 빠질까봐 긴장하며 걸어야한다.

물속을 가만히 들여다보면 많은 것들이 모여 산다. 물가로 떼 지어 몰려다니는 송사리가 있는가 하면, 물 위에서만 뛰어 다니며 가위질하는 엿장수도 있다. 붕어나 피라미들은 그들의 지느러미가 날개인양 자유를 만끽하며 방죽을 온통 휘 젖고 다닌다.

나영은 가끔씩 엎어져서 손을 길게 뻗어 물가에 붙은 큰 우렁이를 잡는다. 물이 잘박잘박한 논바닥에도 우렁이와 수염 난 미꾸라지들이 살고 있다. 잡은 우렁이는 고무신을 벗어 그 속에 담는다. 심심치 않은 들길이다. 가끔 동리 아이들을 만나 시간 가는 줄 모르고 놀다 보면, 집으로 돌아 갈 땐 어느 사이 사방에 땅거미가 내려앉는다. 그러면 미리 준비한 손전등을 켜야 한다. 나영은 멀리 흔들리는 나뭇가지 사이로 얼핏 보이는 호롱불을 보며 익숙한 논길을 걸어간다.

술심부름에 마음이 바빠져 발걸음이 빨라질 때면 주전자에 가득 찬 막걸리는 조금씩 쏟아지곤 한다. 거기다 목이 말라 한 모금씩 마셔보기까지 하면 집에 도착할 땐 제법 줄어 있기 마련이었다. 그러거나

"그 짠순이 같은 여편네 또 헛손질 했구먼 내일 가서 혼을 내 줘야지,"

술집 아줌마를 향한 아버지의 불평 한마디면 상황은 끝이 난다. 그 빈 소리는 아무도 신경 쓰지 않기 때문이다. 어머니의 한숨은 어둠보다 빨리 허공으로 스며든다.

작열하는 태양 볕에 흙 마당이 뜨거워지는 삼복더위가 찾아오면 누렁이는 혀를 길게 내밀며 헉헉대다 토방에 놓인 아버지 흰 고무신에 코를 박고 잠이 든다.

이맘 때 쯤 과수원에 놓아기르는 암탉 한 마리씩은 아버지 손에 목이 비틀어지고 끓는 물에 적셔져 우물가에 내동댕이쳐진다. 숨이 끊어지기 전 바둥거리던 노란 발가락을 생각하며 동생들과 나영은 아버지 곁에서 암탉의 털을 뽑기 시작한다. 뽑는다기 보다는 놀이를 하는 것이다. 막 숨이 끊긴 토실토실한 닭살은 참 따뜻하다. 뱃속에는 매일 한 개씩 낳으려고 암탉이 준비해 둔 아직 여물지 않은 크고 작은 노란 알들이 올망졸망 포도송이처럼 많이도 모여 있다. 닭은 아버지가 내장까지 소금을 뿌려 손질해야 끝이 난다.

그 날은 온 가족이 몸보신하는 날이다. 마당에 큼지막한 양은솥에서는 김이 퐁퐁 오르고 구수한 냄새가 코를 자극한다.

동생들은 언제 먹느냐고 안달복달을 한다. 푹 삶아진 국물 한 대접에 굵은 소금 몇 알 넣어 수저로 휘휘 저으며,

"쭉- 단숨에 마셔라-이."

닭 국물 한 사발씩을 자식들에게 내미는 어머니의 손, 혈관이 새파랗게 붉어져 있는 어머니의 짙은 갈색 손을 나영은 보았다.

'어머니는 참 많은 일을 하며 사는구나.'

하는, 생각을 하며 나영은 걱정이 되었다.

'엄마가 과연 우리들을 위해 얼마나 버티며 오래 살아 주실 수 있을까?'

나영은 엉뚱한 생각을 해 본다.

오동통한 닭다리는 언제나 아버지와 아들 몫이라며 따로 챙기시는 어머니……

"닭 국물 한 사발씩 훌훌 마셔야 삼복더위를 잘 넘기는 것이란다."

딸들은 약속이라도 한 듯 고개를 끄덕거린다.

벼이삭이 무거워 고개를 숙일 때면 논에는 메뚜기들도 한창이다. 메뚜기를 잡아 강아지풀 줄기에 가득 꿰어 집으로 오면 동생들은 아궁이 앞에 빙- 둘러앉는다. 그리고 냄비에서 노릿 노릿 구워지는 메뚜기를 바라보며 구수한 냄새에 군침을 삼킨다. 알 밴 미꾸라지 소금구이와 개구리 뒷다리구이도 일품 간식거리다.

어디에선가 노랫소리가 들려왔다. 나영은 가만히 소리 나는 쪽으로 한 발, 한 발을 조심스럽게 떼었다. 과수원과 대나무 샛길은 재각이 있는 뒷담으로 가는 길목이다. 그곳은 사람들 발길이 드문 곳이다. 아주 옛날에는 호랑이가 살았다는 말도 있었다.

노래 소리가 들린 곳은 바로 그 뒷담이었다. 안동네에는 나영의 집에 밥을 얻어먹으러 가끔 드나드는 사내아이가 있다. 그녀 또래쯤 되는 그 사내아이가 담에 기대어서서 노래를 부르고 있었다. 그 노래는,

"엄마야! 누나야! 강변 살자~~

들에는 반짝이는 금~ 모래 빛~~"

이 곡에 '강변'을 '여기'라고만 바꿔서 가끔 부르고 다닌다. 나영은 모퉁이에서 고개만 내밀고 바라보았다.

동리 사람들이 수군대는 말에 의하면, 집에서는 아무도 관심을 주지 않는 저능아라고 했다. 저녁때가 되면 그 아이는 나영의 집 열려진 대문 안으로 눈치를 보며 슬며시 들어온다.

"칠봉아, 배고프면 이리 오너라."

어머니는 이 아이가 오면 언제라도 간단한 반찬과 밥을 소반에 담아 마루에 놓아주곤 했다. 슬금슬금 눈치를 보며 들어오지만 일단 들어오면 허겁지겁 밥을 구겨 넣는다. 나영은 아이의 그런 모습을 끝까지 넋을 놓고 바라보며 알 수 없는 무언가가 가슴에서 꾸물거림을 느끼곤 했다.

'어 어 허 응~ 으 응 ~ 어~흥~~ 응.'

칠봉의 아버지 허판쇠는 장날이면 언제나 막걸리 몇 잔에 거나하게 취해 민요도 아니고 창도 아닌 판소리 비스름한 소리를 흥얼거리며 버스에서 내려 동리에 들어선다.

노장수가 동리 입구에 있는 화장실 앞에 쓰러져 코를 고는 날이면, 그날은 영락없는 읍내 장날이었다. 동리화장실은 창수 아버지가 밭에 인분거름을 주려고 만들어 놓은 곳이다. 노장수의 손에는 언제나 지푸라기로 묶은 고등어 세 마리가 들려 있었다.

한 두 시간씩 잠들어 있기는 허다한 일, 그 사이 고등어는 한 마리씩 사라진다. 항상 어슬렁거리며 동네를 돌아다니는 이장네 누렁이가 슬그머니 한 마리 빼가고, 들 고양이가 '웬 횡재냐.' 하며 또 한 마리 물고 간다, 길바닥에 빠져 흙 범벅이 된 나머지 한 마리는 눈과 입에 파리들이 쉬를 실어 놓는다.

허판쇠는 큰 소리로 흥얼대며 걸어오다 잠든 노장수 앞에서 발을 멈춘다. 흥얼대던 판소리는 점점 작아진다.

"응~ 응~ 으~ 응, 으 으응."

허판쇠는 가부좌를 틀고 앉아, 잠든 노장수의 얼굴 한쪽을 뚫어버릴 듯 바라본다. 계속 소리를 흥얼거리다 드디어는 노장수 배위로 쓰러져 잠이 든다.

오목리에는 귀신바위가 있다. 단골네는 그 바위에서 곧잘 제를 지냈다. 그녀는 허판쇠의 부인이다. 그녀는 혼례를 치르기 위한 신랑 집 대문에 앉아 신부가 신랑 집에 들어 올 때 간단한 의식을 치러주기도 하고, 사람이 급사를 할 때도 북을 둥, 둥, 둥, 치며 좋은 곳으로 가라고 염을 해준다. 동네 아기가 아플 때도 으레 단골네를 부른다. 단골네가 주머니에 쌀을 넣어 무어라 주문을 외우며 배를 문지른 다거나 이마를 문지르면 거짓말처럼 낫곤 했다. 단골네는 그렇게 해서 수고비로 약간의 돈이나 곡식 등, 먹을거리를 받아 가족의 생계를 꾸려갔다.

동네에는 가끔씩 개가 마을을 돌아다니다 농약이나 쥐약을 먹고 죽는 일이 있다. 그때마다 개 주인들은 무의도식하며 종일 술에 취해 지내는 허판쇠에게 몸보신이라도 하라며 가져다주었다. 그런 개는 아무도 먹지 않는다. 밭 한 떼기도 없고 돈벌이도 없는 허판쇠는 개의치 않고 먹었다.

"어~이, 판쇠 있는가? 개 한 마리 가지고 왔네."

노장수도 가끔씩 죽은 개나 고양이가 담긴 자루를 판쇠한테 가져오는데, 그날도 어떻게 죽었는지도 모르는 개 한 마리를 판쇠네 마당에 부려 놓고 자랑스러운 듯 버티고 서서 씩- 웃고 사라졌다. 판쇠는 곧장 동네 가운데 도랑으로 개를 질질 끌고 갔다. 개를 해부해서 다른 내장은 모두 버리고 간을 꺼내 먹은 뒤, 막걸리 두어 사발을 연거푸 벌컥벌컥 들이키고는 벌러덩 흙바닥에 드러누웠다.

"바람 속에는 억겁의 혼들이 떠다니는 거여, 죽으면 모두 바람이 되는 거라구."

판쇠는 혀 꼬부라진 소리를 연신 해대더니 실금실금 웃으며 잠이 들었다. 그때마다 아들 칠봉과 단골네는 판쇠를 질질 끌어서 집으로 데려온다. 다음날 새벽에 술이 덜 깬 그는 아들을 불렀다.

"칠봉아, 소주 좀 가져 오너라, 목이 탄다."

칠봉은 저보다 키가 큰 찬장 위를 더듬더듬 하더니 귀퉁이에 놓아져 있던 소주병을 아버지에게 가져다주었다. 갈증도 난 김에 판쇠는 꿀떡꿀떡 단숨에 마셔 버렸다. 그런데 그 날 아들이 모르고 가져다 준 소주는, 마누라가 빨래를 삶으려고 양잿물 섞은 것을 동네 이장에게 얻어다 넣어둔 것이었다.

"칠봉아, 나 죽는다. 애~ 애~ 애~ 으 으~ 응."

허판쇠는 죽으면서도 계속 노래를 반복해서 흥얼거렸다.

매기양반 막걸리가 목구멍을 넘어가는 소리, 양수 통물이 논으로 들어가는 소리, 창수 아버지의 술안주로 풋마늘 된장에 찍어 사각사각 씹히는 소리. 이 소리들은 허판쇠가 저승길 가며 흥얼거리는 소리와 버무려져 동리 한바탕 소리마당이 되었다.

"내가 술값 못 갚으면 일 하루 올 테니까 달아놔"

'크-흐-흐-흥.'

허판쇠가 죽던 날, 동네 주막에서 막걸리를 연거푸 마시고 비척비척 걸어가며 노장수가 하던 말이었다. 주막에 놓고 간, 노장수 지개의 깔바작에는 소먹이 풀들 위에 밤새 이슬이 하얗게 쌓였다.

*

잠을 깼다. 바람결에 알곡이 익는 냄새 솔솔 풍겨 오는 가을들녘처럼 가슴이 일렁거렸다. 현실에 염증이 느껴질 때마다 가끔씩 마음만 달려가 보는 고향이 나영은 못 견디게 그리웠다.

한숨 자고나니 한 밤중에 치러진 일로 언짢았던 기분이 조금은 가신 듯 했지만 몸은 밟히는 낙엽처럼 바스락 거렸다. 나영은 부스스한 얼굴에 비누질을 했다. 피를 빨아먹는 거머리 같은 벌레들이 자꾸만 살갗에 달라붙는 것만 같아 박박 문질러댔다.

저녁 무렵이 되어 밖으로 나갔다. 일요일이어선지 거리는 북적댔다. 근처에 있는 극장 앞을 지나려다 멈춰 섰다. 영화 포스터를 바라보았다. '미워도 다시 한 번'이라는 재목으로 총 천연색영화였다. 머리도 식힐 겸 '오랜만에 영화나 한편 볼까?'하고 표를 사는 네모난 출구 앞에 섰다. 극장 요금은 주간 백 원, 야간 백 삼십 원이라고 붙어 있었다. 백 원짜리 지폐 한 장을 밀어 넣었다. 밖으로 내밀어진 극장표를 들고 먹장 같은 검은 커튼 속으로 들어갔다. 설익은 어둠 속을 더듬거리며 손끝에 잡히는 빈자리를 찾아 앉았다.

영화가 끝나 밖에 나왔을 때는 어둠이 제법 깔려 있었다.

퉁퉁 부은 얼굴을 애써 감출 필요는 없었다. 고개를 쳐들고 하늘을 보았다. 도시의 네온에 가려 별들이 보이지 않았다.

병원은 이층 건물의 아래층을 쓰고 있다. 가운데 동그란 화단을 두고 시멘트 마당이 빙 둘러진 것 같은 구조물이다. 병원 몸체에서 마당 건너를 보면 안채가 있다. 여덟 짝 미닫이 유리문 안으로 기다란 복도와 안방 문이 훤히 보인다. 복도 끝에는 옥상으로 오르는 좁은 나무계단이 있으나 나영이 그곳에 갈 일은 그간 없었다.

원내에는 산부인과 진찰실 과 수술실이 있다. 간호원의 숙소는 안채와 가까웠으며 현관문이 마주 보고 있는 환자들의 입원실은 다섯 명 정도 합숙 할 수 있을 만큼 큰 온돌방으로 3개가 있다. 때로 보호자가 없는 환자의 경우에는 예측할 수 없는 위험이 따를 것을 대비하여 간호원이 함께 자기로 되어 있다.

지금 입원실에서 낙태를 기다리는 그녀 또한, 한밤의 살인 현장을 방불케 했던 그때의 환자와 상황이 흡사해 보였다. 불안감이 머릿속을 계속 헤집어 나영은 그녀의 입원실 앞에서 잠시 방향 감각을 잃어버렸다.

나영은 우울했다. 어제를 잊고 싶었다. 시간은 마디 촌충처럼 토막토막 쪼개져 나갔다. 문을 열고 들어갔다. 링거액이 투명 줄을 타고 마치 생명의 물줄기라도 되는 것처럼 그녀의 혈관으로 빨려들고 있었다. 태아는 아무것도 모른 체 촉진제를 양분인양 받아먹고 있을 것이었다. 뱃속에서 꿈틀대고 있는 아기가 빨리 낙태되기를 기다리는 그녀가 측은해 보였다.

"나랑 같이 잘래요?"

그녀와 합숙 할 요량으로 이불과 배게 등 손잡이가 달린 라디오까지 챙겨 든 나영은 묻기보다는 통보하는 말이었다.

"네. 그러면 저야 무섭지 않고 좋지요."

그녀가 앞으로 치러지게 될지도 모를 수술에 대한 두려움은 나영이 더 컸다. 모르면 오히려 용감하다더니 학생이라면 고등학교 3학년쯤은 되어 보였다. 피부는 드물게 희고 고왔다. 그녀는 낙태에 대한 궁금증이 생겼는지 조심조심 물어왔다.

"언니, 아기 낳을 때 많이 아픈가요?"

"……."

방안의 공기는 더욱 무겁게 가라앉았다. 나영은 자기보다 어린 미혼모인 그녀의 물음에 순간 화가 치밀었다. 그러나 참기로 했다. 화를 낸다고 그녀가 좀 더 현명한 여자로 돌아 갈 리 없는 것이다. 정체가 궁금했으나 대답대신 라디오 스위치를 켰다.

'눈이 내리네. 당신이 가버린 지금. 눈이 내리네. 외로워지는 내 마음…….'

김 추자에 '눈이 내리네.'라는 음악이 흘렀다. 한 곡조 노래가 끝나자 그녀에게 핀잔처럼 한마디 던졌다.

"뱃속의 아이 보다는 덜 아프겠지요."

"……."

그 말의 의미를 아는지 모르는지 그녀는 창문 쪽으로 고개를 돌려 잠시 침묵 하더니 이내 표정을 바꾸며,

"언니, 저에 대한 궁금증이 많으시죠? 나이도 어린것이 임신한 것 하며 아이 아빠는 없다고 하고 이해가 안 되실 거예요."

그녀는 나영의 던지듯 하는 '뱃속의 아이가 더 아플 것.'이라는 말에 약간의 통증을 느낀 것 같았다. 그 때문에 변명하고 싶은 심리가 발동했는지 언니라 부르며 속엣말을 털어놓을 듯 울상을 지었다. 나영은 침통한 표정으

로 그녀를 바라보다 제법 어른스레 입을 열었다.

"그래요, 무슨 사연인지 모르겠지만 이런 경우는 위험하기도 할뿐더러 불임으로 이어져 정작 소중한 아이를 갖고 싶을 때 가질 수 없기도 한답니다. 그리고 수술 후 몸을 잘 돌보지 않으면 건강도 해칠 수 있어요."

"부끄럽지만 어쩔 수가 없었어요. 남자친구는 진즉 헤어졌고 나중에야 임신인걸 알았는데 무섭고 겁이 나서……."

상담하러 오는 여성들 중 흔히 하는 말이었다. 이런 경우 대부분 두려워서이든지 아니면 돈이 없어, 또는 창피해서 차일피일 미루다 무모하게 태아를 키우게 되는 것이다. 중절 수술을 하려면 남성의 정자가 여성자궁 내 착상 후 만 삼 개월이 넘지 않아야 가능하다며 원장은 시기를 넘긴 환자들을 설득하여 보낸 적이 많았다.

언젠가 삼 개월 정도 된 태아의 낙태수술도중 원장은 머리와 상 하체가 구분되는 피범벅 된 생명체를 꺼내어 나영의 손에 놓아 주었었다. 볼펜으로 찍어 놓은 것처럼 까만 것은 눈동자라 했다. 뼈가 아직 형성되지 않은 붉은 살덩어리는 건드리면 이리저리 손바닥 안에서 흐느적거렸다.

어린 날 과수원에서 동생들에게 구워 주느라 개구리를 잡았었다. 그 살점을 본 순간 나영은 왜 하필 껍질 벗겨진 개구리 살점이 떠올랐는지 모르겠다. 그때는 느끼지 못했던 소름이 돋았다.

인체 안에서 또 하나의 생명이 만들어져 나온다는 것은 참으로 경이로운 일이다. 귀한 생명을 필요치 않는 혹 하나 떼어 내듯 제거하려는 사람들……

누군가는 그 생명을 잉태하고 싶어서 애가 타는데, 참으로 공평하지 못한 것에 나영은 가슴이 답답했다.

그녀는 막 눈을 뜬 새끼 고양이 눈처럼 동그랗고 맑은 눈을 가지고 있었다. 고양이는 눈을 마주보고 있으면 적이라고 생각하며 할퀴려 든다고 어른들은 고양이 눈은 피하라고 했다. 그러나 사람의 눈은 다르다. 가만히 그녀의 눈을 바라보고 있으니 사랑스러운 마음이 움트기 시작했다. 그의 몸 안에서 세상에 태어나고자 하는 생명도 분명 그와 같은 눈을 가졌을 것이다.

밤이 깊어갔다. 그녀는 고향의 어릴 적 남자친구를 우연히 만나 정이 들게 된 것이며 그것이 오늘의 사건을 만들었다는 것 등, 여러 가지 이야기들을 비밀처럼 늘어놓았다.

이야기 도중 촉진제의 약효가 제 역할을 하는지 몇 번이나 통증으로 배를 움켜쥐었다. 새 하얀 얼굴은 내동댕이쳐진 양은 냄비처럼 일그러지고 다시 펴지기를 반복하고 있었다.

'안녕하세요. 한밤의 음악편지 시간입니다⋯⋯.'

고통의 시간임을 알 리 없는 라디오에서는 경쾌한 디스크자키의 목소리가 적막한 밤을 흔들었다. 이어 누군가의 신청곡인 탐 존스의 '딜-라 일라' 노래 소리가 공포 분위기를 사라지게 하는데 한몫을 하고 있었다.

이틀 동안을 통증에 연신 뒹굴던 그녀는 드디어 귀중한 한 생명을 내려놓았다. 낙태에 성공한 것이다. 사내였다. 미숙아이며 억지로 낳은 아기의 울음소리는 없었다. 그러나 살아있다는 것을 알리려는지 가끔씩 꿈틀거렸다. 그 것을 마치 상한 생선덩이처럼 비닐봉지에 담아 한쪽 귀퉁이에 버리듯 놓았다. 대개는 환자와 동행한 가족에게 좋은 곳에 묻어주라며 보냈지만 그녀의 사정은 여의치 않았다.

낙태 역시 아이하나 해산하는 것과 같은 신체적 고통이 따른다. 회복차원에서 하룻밤을 더 입원하게 한 뒤 산모가 가지고 나가도록 조치를 취해 줘야만 했다.

"내일 퇴원 하면 가엾은 핏덩이를 엄마가 잘 묻어주도록 해요."

그렇게 말하는 원장의 표정이 일그러졌다. 그녀는 죄인처럼 고개를 바로 들지도 못하고 고개만 겨우 끄덕이며 회복실로 들어갔다.

귀퉁이에 놓인 검은 비닐봉투에서는 이따금씩 부스럭

대며 이상한 소리까지 들렸다. 무섭기도 했고 작은 생명에게 죄짓는 느낌 때문에 참다못한 나영은 청소를 하다 말고 전쟁터의 장수처럼 용감하게 원장에게로 갔다.

"원장님! 비닐 봉투에 담긴 아기 다른 곳으로 좀 치우면 안 될까요? 살아 있는지 꿈틀거려 겁이 나요. 아무런 일도 못하겠어요."

"쯧쯧, 그럼 안채옥상에 올려놨다 두어 시간 후에 가져 와요."

"네……."

긴 복도 끝에는 이층 옥상으로 오르는 좁은 나무계단이 있다. 대낮이지만 어둡고 꾀 경사진 계단이어서 조심조심 올라갔다. 시멘트바닥에 고무다라와 깨진 화분 조각들이 바람에 제 멋대로 널려 있었다. 나영은 이곳에서 두해 가량을 살았으나 옥상에는 처음이었다. 고무다라에는 고였던 빗물이 꽁꽁 얼어있었다. 주의 하지 않으면 자칫 낙상할 수 있을 만큼 시멘트 바닥도 살얼음에 미끄러웠다.

'어디에 놓지?'

나영은 비닐봉지를 들고 어찌 할 바를 몰랐다. 어쩌다 겨우 꿈틀대기만 하는 생명이 비집고 나올리는 없지만 밀봉은 제대로 되었는지 재차 확인 후 다라 속 얼음위에 살며시 올려놓으려 다가섰다. 그러나

'아니야, 이건 너무 잔인해.'

나영은 놓으려던 손을 거두고 혼자말로 중얼대며 고무다라와 깨진 화분 사이에 살며시 끼워놓았다. 이렇게 하면 아기에게 조금은 덜 미안 할 것 같았다. 그리고 살금살금 나무계단을 밟아 도망치듯 내려왔다.

오늘따라 연달아 오는 환자들이 원망스러웠다. 핏덩이가 담긴 비닐봉지 생각에 넋이 빠진 것만 같았다. 나영은 저도 모르게 기계를 놓치며 헛손질까지 하고 있었다. 원장은 안절부절 손과 마음이 따로 노는 나영을 곁눈질하던 원장은 걱정이 되었던지,

"이 간호사. 아까 옥상에 둔 것 가져 와 봐요."

"네. 원장님."

그 말을 듣는 순간 나영은 온몸에 소름이 돋기 시작했다. 두 시간 남짓 지난 시간이었다.

'지금쯤 핏덩이는 필시 얼어 죽었을 거야.'

나영은 간접적이나 본인도 살인마라는 생각이 가슴을 짓눌렀다. 좁은 계단은 어둡고 무서웠다. 옥상에 오르니 찬바람이 살 속을 에이 듯 파고들었다. 핏덩이가 담긴 검정 비닐봉지를 한동안 뚫어지게 바라보았다. 아무런 기척이 없다. 떨리는 손으로 슬며시 그것을 집어 들고 빠르게 옥상 문을 닫았다. 두어 계단 내려섰을 때였다.

"으-애-앵."

"엄-마-야! 으-악."

울음 아닌 신음에 가까운 소리가 비닐봉지를 뚫고 흘러나온 것이다. 나영은 소스라치게 놀라 봉지를 내던지며 계단 아래로 나뒹굴었다. 이미 생명이 끊어졌으리라 생각했던 그녀에게는 청천벽력과도 같았다. 핏덩이는 그때까지 목숨 줄을 놓지 않고 있었다. 우당탕! 소리와 함께 그녀의 몸은 순식간에 유리문을 부수고 돌을 세워 놓은 화단 쪽으로 떼구르륵……. 나가떨어졌다.

핏덩이가 담긴 비닐봉지도 곤두박질쳐 화단 끝에 처박혀서야 멈춰 섰다. 나영은 한 쪽 팔 다리가 부러졌는지 꼼짝 할 수가 없었다. 비명 소리에 놀란 사람들이 화들짝 뛰쳐나왔다. 피범벅 되어 쓰러진 나영은 여러 사람들의 부추김을 받아 겨우 진료실로 들어갔다. 유리 파편이 살 속 곳곳에 박혀 피가 흐르고 있었다. 손목뼈가 부러지고 한쪽무릎의 연골도 파열 되었다. 덕분에 오른쪽 팔 다리는 모두 깁스를 하는 환자가 되고 말았다. 한바탕 폭풍이 지나갔다.

"언니~ 언니~ 그 환자가 없어 졌어요."

화급히 소리치며 달려 온 것은 나영과 함께 근무하는 간호사였다.

"누가 없어져?"

"으응, 그러니까 그 아이 엄마 말이에요. 아무리 찾아

봐도 가지고 온 가방도 없어진 것이 도망친 것 같아요."

퇴원 할 때 계산하기로 된 수술비를 때 먹고 소란을 틈타 도망친 것이다. 처음부터 계획한 것일지도 모른다는 생각이 들자 괘씸하기 짝이 없었다. 배신감이 들었다. 비록 짧은 시간이었지만 나영은 진심으로 따뜻하게 대했었다. 한편 으로는 그녀가 가엽다는 생각이 들기도 했다.

책갈피에 작게 접어 넣어둔 종이쪽지 하나를 꺼냈다. 함께 자던 이틀 밤 동안 긴긴 사연을 나영에게 털어 놓은 후, 적어주었던 종이 쪽지였다. 주소가 적혀 있었다.

'경북 영천군 삼군 사관학교 생도 고 덕환.'

"제가 소개하고 싶은 고향 오빠에요. 꼭 편지 해 보세요."

쪽지를 건네주던 그녀의 눈빛이 떠올랐다. 나영은 조그맣게 접힌 종이를 잠시 뚫어지도록 바라보다 꼬깃꼬깃 구겨 휴지통에 넣어 버렸다. 그녀에 대한 최소한의 믿음도 사라져 버린 지금 모든 것은 휴지조각에 불과했다. 그녀를 잊기로 마음먹었다.

그 의문녀의 흔적은 나영의 기억 한편에 달라붙어 긴 겨울을 함께 살았다. 붙박이 깁스는 파릇한 봄이 되어서야 톱으로 잘라져 쓰레기통에 버려졌다. 나영은 조금씩 절름거리며 문 밖 출입을 하게 되었다.

겨울동안 안에서만 있었던 탓인지 답답했다. 거리를 활

기차게 걸어 보고도 싶었다. 눈앞에 보이는 것들은 모두 낯설게 느껴졌다. 눈이 소복이 쌓여 있던 길가 버들가지에는 어느새 연두 빛 새 순이 꼬깃꼬깃한 몸을 펴고 있었다. 나무껍질 깊은 속에서는 자 벌레가 몸을 들척일 것이다. 행인들의 움추린 어깨 위에서 기침을 섞던 햇살도 이제야 신명이 났다.

"편지요!"

우체부 아저씨가 사월의 봄 향기를 물씬 묻혀 들여왔다. 현관 신발장 위에는 편지 뭉텅이가 놓이고 그가 내지르는 소리는 병원 구석구석을 파고들었다.

나영은 연분홍 투피스 한 벌을 입고 거울 앞에서 이리저리 살피고 있었다. 곧 있을 사촌언니 결혼식에 입고 갈옷이 마땅치 않아 양장점에서 맞춘 것이다. 어깨가 넓어 보이기도 하고 아주머니가 치마기장을 너무 짧게 잰것은 아닌지 신경이 쓰였다.

우체부 아저씨의 고함 소리는 시끄럽기보다, 시골 앞마당 감나무 꼭대기에서 부르는 까치의 노랫소리와 같다. 기다리던 반가운 소식을 들고 오는 비둘기 같은 존재이다. 나영은 기다리는 편지라도 있는 것처럼 괜스레 가슴이 설레었다.

"네."

'편지'라는 그 단어는 왠지 정감이 가서 좋다. 버릇처럼 편지 뭉치를 뒤적였다. 고등학생인 원장의 막내딸에게 온 것이 그중 많았다. 그런데 그 뭉치 속에는 뜻밖에 '이나영'앞으로 온 편지도 한통이 있었다.

「보내는 사람. 경북 영천군~~ 삼군 사관학교 생도 0덕환.」

낯익은 주소였다. 가슴이 방아깨비처럼 뛰었다. 조심스레 봉투를 뜯었다.

「산하는 은빛 비단을 서서히 거두고 생도들에 끓는 가슴은 철갑을 두른다.」라는 첫 문장에서부터 젊은이의 가슴을 표현하며 제법 깔끔한 글씨체로 편지지 두 장이 빼곡히 채워져 있었다. 잔잔한 물결의 일렁임 같은 두근거림이 그녀의 온 몸을 바스스 부서지게 했다.

'자신의 분신도 헌 신짝처럼 버리고 도망 친 여자이다. 그녀와 관계되는 사람이 아닌가.'

나영은 아무에게도 그 편지 이야기를 하지 않았다. 더 이상 그들과 인연의 고리가 이어지지 않기를 바라면서도 나영은 버리지 않고 편지를 접어 책갈피에 끼워 넣었다.

일주일이 멀다하고 날아오는 그의 편지에 나영의 마음은 봄 물결처럼 일렁이기 시작했다. 세상 어느 것 하나 거저 얻을 수는 없다. 밤하늘의 별들이 다 내 곁으로 와 떨어져 버리는 혼란의 시간들이 이어졌다. 덕환과 주고받은 편지는 3년의 세월을 단숨에 흘러가게 했다.

겨울이 왔다. 펑펑 쏟아지는 함박눈을 맞으며 걷는 사람들도 여유로워 보였다. 액세서리 판매점이 눈에 띄었다. 유리문을 열고 안으로 들어갔다. 목에 묶을 예쁜 핑크빛 스카프 하나를 샀다. 거리의 음반가게에서는 벌써 크리스마스 캐럴 송이 물결처럼 흘러나왔다. 가벼운 솜털 같은 눈송이가 손을 꼭 잡은 다정한 연인들의 어깨위에 살포시 내려앉았다. 나영은 덩달아 설레는 가슴을 어쩌지 못해 시린 바람도 느끼지 못했다.

그가 어제 보낸 편지 속에는 명함판 사진 한 장이 들어 있었다. 편지에는,

'곧 있을 졸업 후, 군 배치와 함께 소위로 임관되면 나영씨를 만나러 가겠습니다.'라고도 쓰여 있었다.

모처럼 사진관에서 사진을 찍었다. 그리고 며칠 후, 검정코트에 핑크 빛 스카프를 목에 두른 사진을 그에게 보내 주었다.

이듬 해, 겨울지킴이처럼 버티던 살얼음이 조금씩 녹아들 즈음 사관생도는 서울 모 군부대 소위로 임관 되었다는 편지를 보내 주었다. p.x에서나 가능했던 전화 통화는 그쪽에서만 가능했다. 특수부대로 배치되어 훈련도 잦았다.

편지에 곧 중위가 되면 결혼하고 싶다는 말도 서슴치 않고 할 만큼 세월은 흐르고 있었다.

"곧 있을 훈련에 임하게 되면 석 달 정도 연락을 못합니다. 다녀오면 나영씨에게 청혼할 예정입니다. 기대하십시오. 그리고 잘 지내십시오."

그러나 그의 목소리는 그것이 마지막일 줄이야..

*

얼어붙었던 대지가 봄 햇살에 녹아들고 있었다. 요즘들어 낙태 수술이 잦아 서인지 나영은 가슴이 답답했다. 길가에 청춘 남녀가 손잡고 걷는 것도 아름답게만 보이지를 않았다.

세월이 많이 흘렀어도 잊혀 지지 않는 그 의문녀의 아기 생각에 나영은 자신도 모르게 깜짝깜짝 놀랐다. 머릿속에서 매미처럼 울어대는 그 비운에 생명체, 그것은 그녀의 몸 어딘가에 달라붙어 그녀와 함께 살고 있었다.

환자가 없는 시간을 틈 타 나영은 병원 내 대청소를 하기 시작했다. 구석구석 닦아내고 싶었다. 곰팡이들이 모여 희 희 덕 거리는 것만 같았다. 바닥 마루에는 짙은 밤색페인트가 군데군데 벗겨지고 있었다.

갑자기 바깥이 소란했다. 시끄러운 악기 소리가 들려왔다.

창밖으로 고개를 내밀어 보았다. 가게마다 사람들이 문을 반쯤 열고 내다보고 있었다. 소리는 점점 크게 들려왔다. 궁금해서 밖으로 나가보았다. 미녀 선발대회를 앞두고 하루 전에 치러지는 행사인 그들의 시가행진이었다. 미스** 예선전을 앞둔 후보들이 화려하게 꽃단장이 된 트럭위에 서서 손을 흔들었다. 각기 다른 멋진 드레스차림은 관중들의 시선을 잡아끌었다.

사람들은 미녀들을 보기 위해 차량가까이 몰려들었다. 나영은 병원 문 앞에 서서 보기로 했다. 그때, 나영의 앞을 막 스쳐가는 미녀와 짧은 순간 눈이 마주쳤다. 나영은 눈을 의심하지 않을 수 없었다. 그녀였다. 어깨에 두른 띠에 새긴 이름도 그녀이름이었다.

5년 전 겨울, 입원실에서 이틀 밤을 같이 지냈던 그 여자, 낙태아를 버리고 도망친 그 의문의 여자가 분명했다. 인파속을 헤쳐 들어갔다. 조그맣고 흰 얼굴에 애써 미소를 띠고 서있는 그녀는 양장점 유리 속에 있는 마네킹 같아 보였다.

그녀의 동그란 눈과 나영의 시선이 인파사이로 정면충돌했다. 철저한 가면을 쓴 그녀는 나영의 눈길을 재빠르게 피했다. 미녀들의 차량 행렬이 지나간 뒤에도 한참 동안 나영은 넋을 잃고 멍하니 서 있었다. 세월이 흘렀어도 우리는 서로 알아본 것이다. 아기도 양심도 버리고 도망

친 그때 그 병원 앞이 아니던가.

나영은 넋 나간 사람처럼 힘없이 병원 문을 열고 안으로 들어 왔다. 나영 앞으로 편지 한통이 기다리고 있었다. 군부대 주소였으나 그의 이름은 아니었다. 내용은 그의 사망 소식을 친구가 보내준 것이었다. 그는, 아무도 없는 숲속에서 헤매이다 아프리카 킬리만자로의 고독한 표범이 되었을까?

내 고뇌 다 짜 내어도
그대 손 등에 닿을 눈물 한 방울일수 없어
햇살 한 조각에도 내 몸은 하얗게 마르고
내 울음 속 알몸이 헐벗은 각설이 같아도
나를 지킬 무기는 아무것도 없네.

한 번의 시린 겨울이 더 지나고서야 나영은 피로 얼룩진 가운을 벗었다. 머릿속이 서서히 정리되어갔다. 여성의 아름다움을 상징하는 것이 무엇인지 머리 아프게 고민하는 것도 진저리가 났다. 수치심도 없이 수술대에 오르는 여인들, 그들로 인해 세상에 나와 보지도 못하고 희생당하는 생명들도 가여웠다. 태아의 살점이 껍질 벗겨진 개구리 뒷다리의 살덩이로 각인 되었던 것도 나무껍질처럼 점점 떨어져 나갈 것이다.

*

  갑자기 자지러질 듯 울어대는 아기의 울음소리에 나영은 후다닥 몸을 일으켰다. 또, 꿈이었다.

"날씨가 무척 좋아요. 햇볕도 아주 따스합니다."

"오늘밤 달도 아름다울까요?"

"아, 그래서 오늘 제가 보름달을 준비했답니다. 밤을 기대하시지요."

  TV를 켜 놓은 채 잠이 들었던지 화면 속에서 남녀가 사랑 놀음을 하고 있었다.

  조간신문을 펴 보았다. 산부인과 의사들의 '낙태 근절 성명서.'라고 발표한 기사가 눈에 들어 왔다. 생명윤리적인 면에서 그동안 해 왔던 무분별한 낙태수술에 대하여 낙태 근절 운동 선포식을 개최하고 대국민 호소에 나섰다는 것이었다. 모든 불법 낙태 시술 요구를 거부하고 최선의 자정 노력을 할 것이며 불법 낙태가 사라진 대한민국을 만들어가자는 내용이 담긴 성명서를 발표했다고 적혀 있었다.

  낙태근절 성명서를 통해 '현재 우리 사회에서 벌어지고 있는 낙태의 대부분인 사회 경제적 사유와 태아 이상으로 자행하는 현행법상 모두 불법이며 대표적인 생명 경시 풍조로써 범국가적으로 이를 근절해 나가야 한다.'고

주장했다. 이어,

"그동안 낙태 현장에서 이 문제의 심각성을 절감해온 우리 산부인과 의사들은 환자들의 요구에 응해 낙태 시술을 해 온 것에 대해 뼈저린 자성과 함께 오늘을 기해 불법 낙태 시술을 전면 중단할 것이다."라고 선언한 내용이었다.

신문을 접어 가지런히 탁자 위에 놓고 기지개를 켰다. 나영은 주섬주섬 가방을 챙겨 집을 나섰다. 쌀쌀한 아침 공기가 제법 상큼하기까지 한 햇볕이 제법 다사로운 봄날이다. 세월이 참 많이도 흘렀다.

*

밤새 악몽에 시달리던 석수는 떨리는 한기에 벌떡 일어나 앉았다. 등뼈 깊숙이 떠다니던 물줄기가 견디지 못해 밖으로 튀어 나왔다. 머릿속에는 수 만개의 바퀴가 굴러다니다 쩍쩍 갈라지는 소리가 들린다. 빈 내장이 용트림을 하며 헛구역질을 해댔다. 이불을 머리털까지 둘러쓰고 다시 몸을 눕혀 보았다. 돌처럼 차가운 방바닥이 물귀신처럼 몸을 자꾸만 잡아당겼다. 며칠 전 그의 몸에서 쏟아진 살기는 좁은 방안에 아직도 꽉 차 있었다. 벽지에 붙어 키득키득 웃고 있었다. 그들은 언제라도 공격 할 자세로 석수를 노려보고 있는 듯 했다. 두려움에 사로잡힌 그는 다시 몸을 일으켜 방문을 화들짝 열고 뛰쳐나갔다. 다리가 휘청거렸다.

"그래서 아이를 못 낳아 주겠다고?"
"그렇다니까요. 그냥 장난삼아 해 본 말이에요. 돈은 되는 데로 갚아 드리면 되잖아요."
장남삼아라는 말에 석수는 이성을 잃고 말았다. 들고 있던 우산을 내 팽개쳤다. 산으로 둘러쳐진 바윗골이 과수원 뒷길은 유난히 어두웠다. 풀 냄새가 빗물에 튀어 올라 여자의 헉헉대는 입김에 섞였다. 방죽 물이 거무죽죽한 낯빛으로 그들을 지켜보고 있었다. 방어 능력이 전혀 없는 여자는 빗방울에 두들겨 맞는 물처럼 '으-으-.' 하며 가느다란 신음소리를 내고 있었다. 빗줄기가 거세어지자 목을 조이던 석수의 손이 더욱 거칠어졌다. 안간힘을 쓰던 여자는 잠시 후 힘없이 축- 늘어졌다. 석수는 팽개쳤던 우산을 다시 집어 날카로운 꼭지를 잡고 부들부들 떨었다. 빗물에 붉은 피가 씻겨 내렸다. 검은 방죽은 기다렸다는 듯 순식간에 여자를 먹어 치웠다.

수경은 몸이 약했다. 그런 탓인지 연거푸 세 번이나 유산을 하며 십년이란 세월이 흘렀다. 결국 불임이라는 진단이 내려졌다. 자기 탓이라며 미안해하던 수경은 어느 날 저녁상을 마주한 자리에서 조심스레 입을 열었다.

"여보, 우리 아기 하나 입양해 키울까?"

석수는 그 말이 믿기지 않아 한참 동안 멍 하니 아내를 바라보았다. 그것은 처음 유산했을 때 아내를 위해 석수가 제안했던 말이었다. 그러나 아내는 절대 그럴 수 없다며 펄쩍 뛰었었다.

"쓸데없는 소리 하지 말고 밥이나 먹자."

그녀의 말을 주워 담기라도 하듯, 석수는 밥 수저를 몇 번 뜨는 둥 하다 일어섰다. 대답은 그렇게 했지만 그 날 이후로 석수는 자신도 모르게 아내의 말을 되새김질하고 있었다. 그럴수록 아기가 있었으면 좋겠다는 생각이 머릿속을 헤집고 다녔다. 길거리에 지나는 아이들만 보아도 사랑스러웠다. 괜히 가슴이 설레기도 했다. 그동안 아기 생각을 전혀 안 해 본 것은 아니었다. 아내에게 상처가 될까 차마 내색을 하지 않았을 뿐이었다. 며칠 후 수경은 다시 뜻밖의 말을 꺼냈다.

"당신이 정은 주지 않고 아기만 하나 낳아 온다면 잘 키울 수 있는데……."

수경은 석수의 얼굴을 곁눈질 해가며 말끝을 흐렸다. 석수는 헛소리 그만 하라며 벌떡 일어섰다. 그러나 아내의 말이 끊임없이 귓가에 맴돌았다.

직원들과 회식자리에서 술김에 아기타령을 했던지 사내에서도 석수의 가정사를 모르는 사람이 거의 없게 되었다. 그러던 차에 거래처 미스진이 소문을 들었던지 접근해 왔다. 자연스럽게 만나는 일이 잦아졌고 석수도 상냥하고 예쁜 그녀가 싫지 않았다.

어느 날 둘이만 있는 자리에서 그녀는 할 말이 있다고 진지하게 말했다. 그리고 '돈을 주면 자기가 아기를 낳아주겠노라'며 자기는 돈이 필요 하다고 했다. 당돌하다는 생각은 했으나 곰곰이 생각해 보니 아기만 생긴다면 못할 것도 없었다. 그는 그녀의 제안을 받아들이기로 마음먹었다.

석수는 계약금조로 먼저 상당수의 금액을 그녀에게 주게 되었다. 6개월 정도가 지나고 그가 임신여부를 확인하기 시작하자 그녀는 석수를 슬슬 피하기 시작했다.

만나자는 제안을 하면 핑계거리를 만들어 만나주지를 않았다. 처음엔 믿어 주었으나 횟수가 잦아지니 석수는 그녀가 고의적으로 피한다는 것을 알게 되었다. 고심 끝에 다른 제안을 내세워 그녀를 만나는데 성공했다. 처음엔 달래보려 무진 애를 썼다. 그러나 그녀는 '장난삼아'라는 말만 되풀이했다.

석수는 배신감에 가슴이 터질 것만 같았다. 더구나 '그 말을 이렇게 믿을 줄 몰랐다.' 는 허무맹랑한 소리에는 빈정대는 입 꼬리를 찢어 버리고 싶은 충동이 일어났다. 팽개쳐진 우산 꼭지가 흉기로 변하리라고는 자신도 예상치 못했던 끔찍한 일이었다.

그는 경찰서 문 앞에 서서 잠시 망설이다 결심 한 듯 문을 밀었다. 무거웠다. 아내의 얼굴이 눈앞에 아른거렸다. 석수는 애써 고개를 설레설레 저었다. 자식을 갖고 싶은 욕심이 지나쳐서 생긴 돌이킬 수 없는 일이었다. 그는 철문 안 긴 터널 속으로 텅 빈 바람껍데기처럼 사라졌다.

3. 아가야 살아다오

정신병을 앓던 언니를 치료하겠다고 백방으로 찾아다니다 끝내는 행적이 묘연해진 친구 효황이 몹시 보고 싶어졌다.

그녀로 인해 나영은 열여섯 살에 천주교 신자가 되었었다. 칠년의 세월이 흐른 어느 날, 성당 안에 들어서 성전을 바라보는 순간, 나영은 또다시 눈물이 쏟아졌다.

'성탄절'이기에 더욱 그랬다. 이 때 쯤 이면, 그녀의 안에서 숨은 피돌기를 멈추지 않는 이름 하나가 있다.

로사리오 봉사단원들 여섯 명은 '성탄절'을 맞아 이웃돕기 성금으로 라면 몇 박스와 생활용품들을 챙겨들고 성당 문을 나섰다. 그날은 함박눈이 펑펑 쏟아지고 있었다.

선물을 전해줄 마을은 그리 멀지 않았다. 마을 가까이까지 왔을 때였다. 누군가 눈을 뭉쳐 장난을 치기 시작했다. 그러자 누가 먼저랄 것도 없이 들고 있던 물건들을 내려놓고 깔깔대며 눈싸움을 시작했다. 그것도 잠시, 갑자기 성진오빠가 쓰러졌다. 처음엔 모두 장난으로 여겼다. 평소 그런 성격이기 때문이기도 했다. 그러나 그의 머리에서는 붉은 피가 흘러내리고 있었다. 흰 눈밭에는 순식간에 선혈이 낭자 했다.

하찮은 돌부리에 머리를 부딪쳐, 뜨겁던 피가 한 순간에 얼어붙던 그 사람……

내게 남겨진 겨울, 함박눈이 내리고
막차 떠난 정거장을 한참 동안 서성였지
먼 훗날 내 가슴의 터에는
둥글게 몸을 말아버린 키 작은 새 한 마리
아, 지금도 숨이 차
소슬바람에도 몸이 아픈 것을…….

그 후로 나영은 성당 안에만 들어서면 하염없이 눈물이 흘렀다. 열일곱 살, 어린 나이에 '사랑'이라는 어설픈 첫

정이 가슴에 움트던 가뭇한 시간들…….

효황이 떠난 것도 그 무렵 이었다. 그녀를 다시 만날 수 있다면 꼭 물어 보고 싶었다.

'효황아, 너 성진 오빠 좋아 했었지?'

철부지 아이처럼, 우리는 서로 배시시 웃으며 눈빛만 마주 볼지도 모른다.

시가지의 촛불 행렬과 0시미사가 끝나고 나니, 시간은 새벽 한시가 넘어있었다. 그녀는 남들보다 먼저 나가기 위해 일어섰다. 문을 지나 계단을 내려가고 있을 때였다.

"안녕하세요?"

나영은 깜짝 놀랐다. 지난여름 친구의 부탁으로 한번 만난 적이 있었다. 요즘 병원으로 자주 편지를 보내고 있는 박희수라는 청년이었다.

"이곳엔 어쩐 일이세요?"

정색을 하며 묻는 그녀 앞에서 희수는 멋쩍어 하며 머리를 극적 거렸다.

"아, 저도 성탄 전야미사에 참여하러 왔습니다."

나영은 어이가 없었다. 남자의 집은 시내와는 멀리 떨어진 곳이어서 밤에 나오기는 어려웠을 것이라 여겼기 때문이었다. 더구나 노모의 허락 없이는 나올 엄두도 못 낸다고 들은 적이 있었다.

네온의 거리는 축제 분위기였지만, 사각거리는 눈길을 걸으며 둘은 서로 아무 말이 없었다. 하얀 눈송이가 속눈썹에서 녹아 내렸다. 온 몸이 추위에 얼어버린 나영은 추위를 잠시 따뜻한 차라도 한잔하며 녹이고 가자는 희수의 말에 어딘지도 모르는 곳으로 이끌려 들어갔다.

　그러나 희수의 목적이 다른 곳에 있었음을 전혀 눈치채지 못한 나영은 남자의 갑작스러운 몸놀림에 짓눌리고 말았다. 나영의 몸은 사지가 뒤틀리고 경련이 일어나고 있었다. 희수는 아랑곳없이 나영을 만신창이로 만들고야 말았다.

*

　"엄마, 큰 고모가 돌아 가셨데요……."

　변성기인지 굵직한 목소리가 나영을 어색하게 하는 아들이 바쁜 듯 신발 뒤꿈치를 끌고 나가며 하는 말이었다. 아빠는 '퇴근 후 곧바로 그곳으로 가겠다'고 했다며 뒤도 돌아보지 않고 성현이는 나영의 시야에서 사라졌다.

　집 안은 아들이 뿌리고간 과일 향 헤어스프레이 냄새가 진동했다. 머리가 아프고 짜증스럽기까지 했다. 나영은 창문을 활짝 열어 놓고 남편에게 전화를 걸었다.

　"형님 장례식장이 어디래요?"

　곱지 않은 나영의 말투에 응당 그의 답도 매끄러울 리

는 없었다. 요즘 날씨가 변덕스럽더니 소나기가 쏟아지려나 하늘이 검다. 저녁 무렵이 되어 창문을 닫고 집을 나섰다. 바깥 공기도 나영의 가슴속처럼 후덥지근했다. 시댁 식구들이 한자리에 모여지는 장소이니 만큼 발걸음이 가벼울 리 없었다. 제법 굵은 빗방울들이 자동차의 앞 유리에 부딪쳤다. 점점 거세어지는 빗소리에, 갈라지는 자동차 바퀴소리까지 잔인하다는 생각을 하며 비교적 여유를 부렸다. 지금 속도로 간다면 장례식장엔 40분 후쯤 도착 할 것 같았다.

팔십을 넘긴 노인이라서 사실 호상이었다. 애도하는 마음은 그다지 들지 않았다. 친정어머니와 동갑인 것이 조금은 마음에 걸렸다. 친정어머니는 몇 해 전부터 거동이 불편하여 얼마 전 요양병원으로 모셨는데 치매증상까지 심해져 나영은 쉴 사이 없이 바빠지고 있는 중이다. 그러나 곧 돌아가실 염려는 없다고 스스로 최면을 걸었다. 차츰 빗방울이 거세어졌다. 자동차의 불빛은 검은 아스팔트에게 날름날름 잘도 먹혀들었다. 그녀는 왠지 불안하고 초조했다.

*

큰 시누이를 처음 만난 것은 삼십년도 더 지난, 어느 해

십이월 말경이었다.

"언니, 전화에요."

같이 근무하는 간호사가 나영에게 전화 수화기를 건넸다.

"여보세요?"

"아, 네, 저 박희수입니다."

나영은 그 이름을 듣는 순간 온몸에 소름이 돋았다. 듣고 싶지 않은 목소리였다. 전화 내용인즉 누님들 둘이서 지금 병원 건너에 있는 다방에 와 있다는 것이다. 어쩌자는 것인지 몸이 낭떠러지에 곤두 박히는 것만 같았다.

다방 문이 무겁게 밀렸다. 어둑한 조명등 속을 두리번거렸다. 창 쪽으로 앉은 아줌마들 두명이 문 쪽을 바라보고 있었다. 그 외 다른 손님은 혼자 아니면 한 쌍의 커플뿐이니 당연히 그녀들이 분명했다. 나영은 천천히 그쪽을 향해 걸어가 어설픈 자세로 그들 앞에 서서 고개를 숙였다.

"안녕하세요? 이 나영이라고 합니다. 저를 보러 오셨다 들었습니다."

마치 무슨 죄라도 지은 사람처럼 주눅이 들었다.

"응, 이리와 앉아요, 희수가 우리들 동생이요."

그 중 큰 누나인 듯, 나이가 들어 보이는 사람이 나영에게 자리를 권했다. 젊고 시골티가 나지 않는 여자는 바로 위의 막내 누님인 것 같았다. 그들은 한참이나 나영을 바라보더니 큰 누나가 불쑥 한마디 던졌다.

"우리가 결혼 날을 잡아 왔는디, 양력으로 1월 15일이여 바쁘게 그쪽도 얼른 서둘러야 허것네."

그러자 기다리기라도 한 듯 막내누나가 한마디 거들었다.

"긍게말여, 보름 밖에 안 남었잖여, 희수는 왠 혼인날을 그리 빨리 잡았는가 몰라."

나영은 아무 대꾸 없이 고개만 숙이고 앉아 있었다.

"서로 건강검진 표라도 주고받아야 하는 것 아닌가?"

화장이 진한 막내 누나의 말이었다. 나영은 할 말을 잃었다. 시집가고 싶다고 억지떼를 쓴 것도 아니고, 끌려가는 마당인데 알지도 못하면서 왠 오지랖들이 넓으신지…….

성탄 전야 미사가 끝나고 일어났던 불미스러운 사건의 결말이었다. 닷 세 후인 오늘, 혼인날을 일방적으로 정하여 누님들을 보낸 것이다. 그녀의 인생행로는 그때부터 곤두박질치기 시작했다. 그녀에게는 언제나 겨울바람이 불었다.

*

첫 아이를 잃게 된 것도 큰 시누이 때문인 것만 같았다. 가장 가깝게 살았던 큰 시누이는 걸핏하면 불쑥불쑥 친정을 드나들었다. 곧잘 자기네 빨래까지 가져와 입덧에

시달리는 올케에게 시켜 놓고 안방에 들어 앉아 모녀간
에 수다를 떠는가 하면, 어머니에게 먹을거리를 시키게
했다.

지난 초겨울에도 농사지었다는 김장배추 백포기 가량
을 마당에 부려 놓은 것은 큰 시누이였다. 금방 나갈 테
니 다듬고 있으라고 해 놓고 해가 지도록 방안에서 희희
덕 거리기만 했었다.

산달이 얼마 남지 않아 몸이 무거운 나영은 혼자서 배
추를 다 다듬어 놓고 간물을 만들려고 일어서다 쓰러지
기도 했었다.

그 날도 큰 시누이는 커다란 가물치 한 마리를 사왔다.
나영에게 마당 큰 솥에 불을 피워서 가물치를 삶으라고
시키고는 시누이는 방으로 들어가 버렸다. 가물치는 시
어머니의 몸보신용이었다. 예정일이 더 남았던 나영은
진통이 느껴졌다. 가까이에 분원이 있었지만 그녀는 남
편 희수에게 시내 병원으로 가서 아기를 낳고 싶다고 했다.

"아기 낳으면 친정에서 며칠이라도 산후조리를 하고
싶어서 그래요."

"그럼 혼자 가서 아기를 낳아 오던지 마음대로 해."

남편의 던지듯 하는 말에는 가시가 쏟아져 소름이 돋았다.
서운한 마음마저도 들지 않았다. 가물치야 누가 알아서
처리 하든 말든 어서 이 감옥소 같은 소굴에서 벗어나고 싶

었다.

비포장도로여서 출렁이는데다 가끔씩 통증에 배를 움켜잡으니 택시운전사는 속력도 내지 못했다. 시내까지는 평소보다 많은 시간이 걸렸다. 그런데 의사의 진단은 예외였다. 먹은 것이 체한 것 같다며 아기는 아직 나올 준비가 안 되어 있다고 했다. 즉 애가 나오려는 진통이 아니라는 것이다.

"예정일이 아직 20일이나 남았으니 집에 가서 좀 쉬어요. 힘든 일은 삼가야 되요."

난감했다. 나영은 남편에게 전화를 했다.

"의사선생님이 아직 아기가 나올 때가 아니라고 집에 가서 기다리라고 하시네요."

"뭐라고? 그래도 낳으러 간다고 했으니 아길 낳아 와야지 어머니한테 뭐라고 말하라는 거야? 안 돼."

희수는 퉁명스런 말투로 매정하게 전화를 툭- 끊어 버렸다. 나영은 시어머니도 남편도 모두 무서웠다. 그 집에 들어가기란 죽기보다 싫었다. 그리고 두려웠다. 아기를 낳아 안고 가지 않으면 죽일 것만 같았다.

"선생님, 제 남편이 아기를 낳아 와야 한데요. 저 좀 살려 주세요."

나영은 바보처럼 매달렸다. 아니, 천지 분간도 못하는 바보였다. 의사아저씨는 눈 끝과 양 볼이 축 쳐지고, 나이가 지긋해 보였다. 돌아가신 시아버지와 오랜 친분이 있는 관계라고 들었다.

그는 난감 했는지 한참을 생각해 보더니 촉진제를 맞고 기다려 보자고 말했다. 촉진제 주사를 맞고 입원실에 누운 나영은 두려움에 떨었다. 진통이 시작 되었다. 식은 땀이 흐르고 초저녁부터 시작된 통증은 다음날 아침까지 계속 되었다.

나영은 지쳐갔다. 의사는 산모의 심각성을 눈치 챘는지 지쳐 희멀건 해진 그녀를 수술실로 옮겨 서두르기 시작했다. 이어서 조그만 풍선 같은 것이 아래로 삽입 되어지는 것이 느껴졌다. 그 풍선은 안에서 점점 커지고 있었다.

"아-악, 너무 아파요."

풍선이 나왔다 들어가기를 반복할 때마다 나영의 비명소리는 조그만 수술실의 창문을 쥐어흔들었다. 보이는 것은 모두 희미하고 천정은 물레방아처럼 돌았다.

후회해도 소용없는 오늘이 꿈이기를……
삶이 회전목마 같아서 가만히 서있기도 버겁다
허물어진 담장위에 힘겹게 매달린 담쟁이 한 잎이
폭풍에 흔들리며 마구마구 찢겨진다.
한 겹, 또 한 겹 포를 떠내는 살점

'내 살 찢고 나오는 이 생명, 아가야! 부디 살아다오.'
목숨처럼 빌고 또 빈다.

분만 시기가 아직 되지 않아 촉진제로는 자궁 문이 열리지 않는 것이다. 기구를 써서 억지로 열려고 하는 무지한 시술이 계속되었다. 진퇴양난이 아닐 수 없었다. 촉진제를 맞았으니 되돌릴 수도 없는데 아기는 밖으로 나올 기미가 전혀 없어 보였다. 아니, 위험을 느끼고 더 움츠러들었을 것이다.

나영은 신음을 토하며 자꾸만 탈진되어 갔다. 의료진들도 진땀을 빼며 무려 여섯 시간이 흘렀다. 차라리 죽고 싶다고 있는 힘을 다해 소리를 질렀지만 그 소리는 기어 들어가는 모기소리에 불과했다. 힘을 내라고 간호사들은 안절부절 어찌 할 바를 몰라 했다.

긴급한 상황이라 여겼던지 의사는 최종 결정을 내렸다. 기다란 집게 모양의 쇠붙이를 자궁 안으로 밀어 넣었다. 나영은 또 다시 고문당하는 죄수처럼 처절한 비명소리를 냈다. 잠시 후 아기는 쇠붙이에 끌려 나왔다. 언 듯 보인 아기의 이마에는 쇠붙이가 물러 있었는지 붉은 피가 흐르고 있었다. 남편은 그때도 보이지 않았다.

눈앞이 안개 속처럼 가물거렸다. 저만치서 누군가 손짓을 했다. 나영은 우거진 갈대숲을 헤치며 자꾸만 걸어갔다.

방문을 열어 보았다. 앞마당 화단에는 벌써 봄이 와 있었다. 짙은 주황색 영산홍이 흐드러지게 피었고, 튤립 꽃도 예쁘게 피어 있었다. 영산홍은 '첫사랑'이라는 꽃말을 가지고 있어 그녀는 더 매력을 느꼈다. 나영은 불현듯 아련한 첫사랑을 떠올려 보았다.

　이른 봄, 잔디밭에 스며드는 햇빛처럼
　초록의 오월, 코끝을 스치는 찔레꽃 향기처럼
　산사의 타오르는 향불에 실려 오는 풍경소리처럼
　그렇게, 가슴을 잠시 쓸고 간 사람

　마주 보이는 건너 방 조금 열려진 쪽문 사이로 인기척이 보였다. 설핏 영산홍 빛 옷자락도 한 점 보였다. 시어머니가 계신가 하여 부스스한 몸을 일으켜 나갔다. 평소 잘 닫히지 않는 문이어서 고리를 잡아당기니 삐걱 소리와 함께 쉽게 열렸다.
　"어머니, 안에 계세요?"
　몸도 미처 추스르지 못하고 놀라 나영을 바라보는 사람은 시어머니가 아니었다. 영산홍 빛 원피스가 가슴께로 추켜 올라붙은 어린여자의 알몸, 아랫도리가 훌렁 벗겨진 채 그녀의 몸을 덮고 있던 남자는 다른 사람이 아닌 남편이었다. 헝클어진 몸으로 어쩔 줄 몰라 하는 그들을 뒤로하고 나영은 밖으로 튀어나왔다.

긴 강둑을 따라 걸었다. 물소리는 대지에 생명을 불어넣고 있었다. 산도 외로우면 강가를 서성이는가! 강물에 비친 산 그림자가 떨고 있었다. 그녀는 서두르지 않는 걸음으로 한 발 한 발, 산 숲에 들었다. 산 벚꽃이 진자리에 연록의 나뭇잎이 하늘거렸다. 길 따라 숲으로 자꾸만 들어갔다.

'이 근처 어디쯤에 묻혔을까. 내 아기……'

나영은 갑자기 눈물이 솟구쳤다. 바람이 분간 없이 저 혼자 흔들어 댈 때에도 그녀는 울지 않았었다. 가엾이 타들어 가는 솟대 같은 가슴도 드러낸 적 없었다. 쑥쑥 뽑아 올려 세어 본다면 무성하게 자라 있어 셀 수도 없을, 수풀 같은 아픔의 세월들……

황갈색 솔잎이 수북이 쌓여 있는 길은 솜처럼 푹신했다. 솔바람 소리도 말갛다. 숲속의 새들은 사람이 있거나 말거나 목청껏 수다를 떤다.

언젠가 예쁜 단풍잎 하나가 집을 떠나 잠깐 동네 마실을 나갔다가 바람에게 붙잡혔었다.

바람은 낙엽이나 마른 덤불의 머리채를 쥐고 흔들다 지치면 아무데나 내 팽개치고 달아나는 습성이 있다.

빨간 단풍잎 하나가 그 집 안마당에 내려앉게 된 것은 결코 운명이 아니었다. 바람의 장난 이었다. 그 단풍잎은 언제나 겨울바람에 시달렸다.

*

초저녁 어스름한 길이다. 다문다문 움푹 페인 곳에 빗물이 조금씩 주저앉아 있었다. 길이 끝나는 곳에는 희미하지만 허름한 다리 하나가 보였다. 나영은 다리 쪽을 향해 앞만 바라보며 걸었다. 쇠붙이로 된 다리 난간이 손끝에 잡혔다. 온 몸에 전류처럼 흐르는 냉기에 그녀는 잠시 몸을 떨었다. 멈춰 섰던 발걸음을 다시 옮겼다. 어디서부터 얼마나 걸었는지 몸은 지쳐가고 있었다. 그러나 왠지 저긴 다리를 건너야만 할 것 같았다. 숨을 헐떡이며 다리 난간을 한 손으로 붙들고 조심조심 걸어갔다. 다리 아래는 천길 낭떠러지였다. 중간쯤 갔을 때였다.

"아 - 악!"

나영은 다리 아래로 사정없이 굴러 떨어지고 말았다.

"이봐? 이 사람 왜 이래, 악몽을 꾸는가?"

남편이 흔들어 깨우는 소리에 잠을 깼다. 벽시계가 새벽 3시10분을 가리키고 있었다. 갑자기 다리가 반으로 툭 끊어진, 참으로 기이한 꿈 이었다. 일어나 앉은 그녀의 몸은 땀으로 흠씬 젖었다. 불길한 예감이 들었다.

배를 쓰다듬으며 조심조심 태동을 느껴 보려했다. 뱃속의 아이는 자고 있는지 아무런 움직임도 없다. 석 달 후면 나영은 엄마가 된다.

'오늘 무슨 안 좋은 일이 생기려나?'

그녀는 혼잣말처럼 중얼거리다 순간 도리질을 쳤다. 아니야, 그러면 안 되지.

남편 희수는 괜히 단잠만 깼다고 구시렁거리다 이불을 쓰고 다시 누웠다. 나영은 좀처럼 잠이 올 것 같지 않았다. 그렇다고 동이 터올 시간까지는 멀었다. 일어나 달그락거리며 밥을 지을 시간도 아직 이르다. 자리에 누워 이불을 머리까지 덮어본다. 억지로라도 잠을 청해 볼 요량이었다. 남편은 벌써부터 코를 골며 자고 있었다. 조심스레 불룩한 배를 쓰다듬었다.

'아가야, 너 괜찮은 거지?'

그녀는 석연치 않은 마음에 뒤척이며 잠을 이루지 못했다. 임신이란 것을 알기 전, 태몽이라고 여기기에는 아니라고 부정하고 싶은 꿈이 떠올랐다.

커다란 강가에서 낚시를 하고 있었다. 대어가 걸린 움직임에 낚싯대를 들어 올렸다. 반짝반짝 빛이 나는 커다란 금 잉어였다. 그때 하늘에서 갑자기 나타난 비행기 한 대가 그 금 잉어를 낚아채어 순식간에 달아나고 말았다.

왜 하필 빼앗긴 금 잉어의 꿈이 떠오르는 것일까? 나영은 불길한 생각을 떨쳐 내기 위해 고개를 세차게 흔들었다.

잠을 설친 탓인지 종일 피곤이 몰려왔다. 저녁 무렵 빨래를 걷으려고 팔을 뻗는 순간, 끈끈한 액체가 아래로 뭉텅 흘렀다.

'아, 아기에게 무슨 일이 일어나고 있구나!'

하는 예감이 스치기가 무섭게 그녀는 마당에 덜 썩 주저앉고 말았다. 아랫도리는 선혈이 낭자했다.

병 원에 도착했을 때는 이미 실신한 상태였다. 출혈이 심해 빨리 수술하지 않으면 산모까지 위험하다는 의사의 다급한 소리가 그녀의 귀에 먼 산울림처럼 들려왔다.

칠 개월이나 뱃속에 있던 아기는 기어이 사산 되고 말았다. 나영은 첫아이를 가슴 아프게 보낸 후, 아들 성현이와 딸 가희를 낳았다. 그리고 그녀에게 와 준 반가운 아기였다. 의사는 약해진 몸과 신경성이라 했다.

아랫배가 너무 아팠다. 두어 시간을 뒹굴다 배를 움켜쥐고 병원으로 걸어갔다. 진찰 결과 '자궁외 임신'이라며 도시의 큰 병원으로 가서 급히 수술을 해야 한다고 젊은 남자의사는 다급하게 말했다. 나영은 병원 응급차에 실려 가면서 뒤틀리는 통증으로 몸부림을 쳤다.

나영이 눈을 떴을 때는 이미 수술을 마치고 회복실 베드에 누워 있었다. 왼쪽아랫배 부근이 이십 센티 정도 봉합이 된 상태였다. 배를 동여 맨 복대에는 붉은 피가 스며있었다. 나이가 앳되어 보이는 간호사가 나영의 옆으로 바짝 다가왔다.

"많이 아프세요?"

"네, 많이 아프네요. 수술은 잘 되었나요?"

간호사는 무슨 말인가를 하고 싶은 듯 잠시 머뭇거렸다. 나영은 좋지 않은 예감에 간호사를 붙잡고 조용히 물었다.

"솔직하게 말 해주세요. 내가 내 몸 상태를 알아야 하지 않겠습니까?"

간호사는 마지못해 입을 열었다. 수술을 하려고 메스로 개복하는데 출혈이 너무 심해서 그냥 봉합을 해버린 것과, 다시 X-ray 촬영을 해보니 오진이었다는 것이다.

딸 가희를 낳고 그 다음 아기가 자궁에서 사산 된 후, 나영은 복강경 수술까지 했었다. 그런데

'자궁외 임신이라는 오진을 하다니……'

나영은 온 몸의 맥이 풀렸다. 점점 기력도 잃어갔다.

'가여운 이 몸을 어떻게, 누가 위로해 줄 수 있는가?'

희수는 그때에도 끝내 나타나지 않았다.

*

예정시간보다 조금 늦게 장례식장에 도착했다. 그 것이 죄라도 되는 양, 나영은 가족들이 없는 한쪽에 자리하고 앉았다. 그녀가 와 있는 것도 모르는 희수는 벌써 거나하게 술에 젖어 있었다. 갑자기 희수의 목소리가 커지고 소란스러워졌다. 잇따라 막내 시누이의 목소리가 빈 깡통 두드리는 것처럼 더 시끄러웠다.

　"그러니까 남매 계를 미루는 이유가 뭐냔 말이여."

　언성을 높이는 원인을 대충 짐작할 수 있었다. 그러나 다투는 것은 저희 형제들끼리 하면 된다. 시동생이 계 자금을 떼어 먹은 것도 그녀는 모르는 척 하면 되는 것이다.

　큰 시누이의 막내딸 미자가 흘끔 나영을 쳐다보았다. 나영은 영산홍 빛 원피스를 떠올렸다. 알몸이 하얗게 드러나 있던 그 때, 그 여자아이 아니, 이제는 아이가 아닌 엄마가 되어 있었다. 미자는 지나치다 싶게 호들갑을 떨었다. 나영에게 깍듯이 인사 하는 둥 하더니, 어느새 외삼촌에게 붙어 또 술을 권하고 있었다.

　시누이의 죽음에 애도의 눈물이 나올 것 같지 않은 그녀는 살며시 그 자리를 피해 밖으로 나왔다. 아무도 관심 가져 주는 사람이 없으니 그것이 오히려 다행스러웠다.

　어둠이 깊고 크낙한 밤, 덜렁 혼자서 차 안에 앉아 듣는 빗소리는 밀밀한 수목의 울음소리 같았다. 길길이 쌓인 여인의 한 처럼 유리창을 쓸며 우는 빗방울들, 그들은 아우성을 쳤다.

'눈먼 나를 데리고 들녘이든 바다로든 어디라도 가 달라'고······.

나영은 자동차의 시동을 걸고 빗속을 달렸다. 도시의 불빛들은 그녀에게 비웃음을 던졌다.

'벼랑의 나무는 언젠가는 추락하고 만다.'

'물은 한 곳에 머무르면 다시는 흘러가지 않더라.'

그 헛소리들은 자동차의 불빛에 맞아 하나씩 또, 하나씩 마디 촌충처럼 토막토막 쪼개져 흩어졌다.나영은 아주 오래전 하늘나라로 가버린 친구, 정애가 보고 싶었다. 핸들을 돌려 빗속을 질주했다.

4. 탁 류

　멀리 보이는 교차로의 신호등은 직 좌회전을 알리고 있
었다. 앞차와의 거리는 얼마 되지 않았다. 나영은 신호등
이 꺼지기 전에 좌회전을 하기 위해 속력을 내어 달렸다.
　검은색 승용차 한대가 갑자기 빠른 속력으로 나영의 차
앞으로 끼어 들어왔다. 순간 놀라 급브레이크를 밟았다.
다행히 뒤에 오는 차는 없었지만 얼마나 놀랐던지 온 몸
이 경직되고 말았다. 그러는 사이 신호등은 앞차가 건너
기도 전에 황색등과 적색등으로 빠르게 바뀌고 말았다.
검은색 승용차는 멈칫하는 기색도 없이 내친김에 더 빠
른 속도를 내어 순식간에 좌회전으로 사라졌다.

'꽝!'

'끼-이-익.'

불과 몇 초 사이 쇠붙이의 비명소리가 밤공기를 쥐어틀었다. 은행잎이 다 떨어지고 몇 잎만 남아 나풀거리고 있었다. 아직 어둠이 내려앉기 전이었다. 가로등 불빛이 껍질을 벗고 맨살을 드러내기 위해 바르르 떨고 있었다.

한참 뒤에야 나영은 직 좌회전 푸른 신호등을 보며 비명 소리가 들리던 방향으로 좌회전을 했다. 앞지르기한 차로 보이는 검은색 승용차가 길가에 서 있었다. 나영은 검은색 승용차를 지나 조금 떨어진 곳에 천천히 차를 세웠다. 그때 앞 범퍼 쪽이 걸레부정 되어 서 있던 검은색 승용차는 나영을 의식 했던지 서둘러 도망치듯 달아났다. 나영은 습관적으로 차의 뒤 넘버를 암기했다.

가로등은 좀 더 밝아지고 보슬비가 내리기 시작했다. 사고현장 쪽으로는 인적은 물론 지나는 차도 없었다. 멀찌감치 직진 차들만 몇 대 속력을 내며 지나갔다. 길바닥에는 부서진 차의 잔해들이 널브러져 있었다. 갓길 아래에는 굴러 떨어진 듯 거꾸러진 흰색 승용차 한 대가 가로등 불빛에게도 외면당하고 있었다. 지나는 차가 있다 해도 바람처럼 달리느라 길 아래로 떨어진 차가 눈에 들어올 리 없었다. 구겨진 차 안에서는 사람의 인기척이 없었다. 만약을 위해 외워둔 차량 번호를 휴대폰에 입력했다.

그리고 잠시 망설이다 그 자리를 서둘러 떠났다. 나영은 마음이 진정 되지를 않았다. 정애에게 가던 길을 돌려 집으로 향했다. 집을 향해 구부러진 한적한 길을 달리던 나영은 갓길에 차를 세웠다.

　'사고 신고라도 해줘야 하지 않을까?'

　발신자를 표시하지 않고도 사고 신고를 할 수 있을 것이라는 생각이 들자 마음이 조급해 졌다. 유턴을 하여 오던 길로 다시 달리기 시작했다. 신속히 응급조치를 하면 살릴 수 있는 사람일지도 모를 일이었다. 간접적 살인을 하게 되는 것은 아닌지 걱정이 되었다.

　단 몇 분, 몇 초의 사이로도 운명은 충분히 달라질 수 있는 것이다. 그렇다면 나영은 이미 본의 아니게 사람을 죽인 것이 될 수도 있는 것이다. 여기까지의 생각에 도달한 그녀는 방심했던 마음이 짧은 순간 회오리치기 시작했다. 사고 현장 가까이 까지 갔다. 길 건너 멀찌감치 차를 세웠다. 어느새 렌터카의 깜빡이는 불빛이 보이고, 병원 응급차가 오고 있는 것도 보였다. 사람들도 몇 몇 웅성거렸다. 참으로 다행이라 생각하며 다시 유턴하여 집으로 향했다.

　새삼, 증인으로 고통을 받았던 어린 시절이 떠올랐다. 그 때문에 이번에도 신고하기가 꺼려졌을 것이라 생각되었다. 그 상처의 뿌리가 사십년이 지났어도 깊숙이 자리

하고 있는 것이다.

*

나영이 사는 시골에 정애의 외가가 있었다. 정애는 아
버지를 일찍 여의고 도시에서 양장점을 하는 어머니와
단 둘이 살고 있었다. 병약했던 그녀는 어릴 때 시골 외
할머니네 집에서 초등학교를 다녔다. 중간에 건강이 좋
아져서 도시의 집으로 가면서부터는 방학 때나 공휴일
에 서로 오가며 만났다. 둘은 어려서부터 동무가 되어 차
츰 둘도 없는 친구가 되었다. 그러다 나영은 아버지에는
직장에 간다고 거짓말을 하고 어머니의 도움으로 중학교
다니기 위해 도시로 나가야 했다. 그 때 나영은 정애의
집에서 같이 살게 되었었다.

일요일이었다. 정애는 모처럼 영화구경을 가자고 책을
보고 있던 나영의 손을 잡아끌었다. 골목 끝을 돌아 큰길
로 들어서면 길 건너에는 말을 키우는 집이 있었다.
"정애야, 저 말 엉덩이 좀 봐."
"어머, 포동포동 예쁘게 생겼다. 그치? 후후."
정애는 나영이 가리키는 곳을 바라보며 가던 발걸음을
멈추고 허리를 굽혀 깔깔대며 웃고 있었다.

신작로 건너에는 반질반질 윤기가 흐르는 엉덩이를 보이며 검은 말(馬) 한 마리가 서 있었다. 잘 빗어 묶은 아리따운 처녀의 기다란 머리채 같은 꼬리와 날렵한 뒷다리가 보였다.

둘이서 웃는 이유는 반질거리는 엉덩이였다. 그때였다. 후줄근한 누런색 한복차림의 할머니가 말 엉덩이 곁을 지나는데 갑자기 말이 뒷다리를 빠르게 쳐들어 할머니 면상을 후려쳤다. 그러자 말에게 차인 할머니가 손으로 얼굴을 감싸 쥐며 뒤로 넘어지는 순간이었다. 때마침 택시가 지나며 넘어지는 할머니를 또 다시 치고 지나갔다. 할머니는 쿵- 소리와 함께 나뒹굴었다. '끼-이-익'하고 쇠 갉음 소리를 내며 택시는 멈춰 섰다. 그러는 동안 정애와 나영은 숨도 제대로 못 쉬고 그 지경을 모두 지켜보았다. 운전기사 아저씨는 택시에서 내리더니 화급히 할머니에게 달려들어 어쩔 줄 몰라 했다.

"할머니 정신 차리세요, 할머니!"

얼굴이 새파랗게 질린 아저씨는 머리에서 피가 흐르는 할머니를 숨이 차게 부르며 흔들었다. 길바닥은 금새 피범벅이 되고 말았다. 할머니는 이미 숨진 듯 했다.

잠시 후 마부인 듯 오십대쯤으로 보이는 아저씨가 뛰어나왔고 그는 큰 소리를 지르며 택시기사를 윽박질렀다. 순식간에 일어난 일이었다. 나영은 상황이 이상하게 돌아

간다 생각되었다.

어른들이 진실을 모르고 있는 것이라 짐작되어 안타깝기까지 했다. 정애와 나영은 누가 먼저랄 것도 없이 택시 기사에게 도움을 주기로 결정했다. 그러나 그 짧은 선택이 티 없이 맑은 소녀들의 운명을 크게 바꾸어 놓을 줄 둘은 알지 못했다.

"나영아, 우리 저만큼 먼저 가서 서 있다가 택시타려는 사람처럼 손을 들자."

정애가 먼저 흥분하며 제의해 왔다.

"그래, 그러면 우리가 택시를 타려는 줄 알고 서겠지?"

정애의 의도를 알아차린 나영은 얼른 동의했다. 억울한 사람을 도와주는 것은 당연한 일이라 여겼다. 한참을 뛰어 택시가 올 만한 곳에 서 있었다. 잠시 후 빛바랜 연두색 영업용택시가 오고 있는 것이 보였다. 마음이 다급해진 둘은 택시를 가로 막듯 손을 들었다. 택시 운전사는 의아한 눈초리로 머뭇거리다 다행인지 불행인지 멈춰 주었다. 정애와 나영은 얼른 택시에 오르며 무조건 빨리 아무데나 가자고 서둘렀다. 마치 탐정만화의 주인공이 된 것처럼 흥분하고 있었다. 다리를 지나 한적한 곳에 차를 세우도록 했다.

"우리는 조금 전 사고 현장의 목격자입니다. 아저씨를

돕고 싶습니다."

아무것도 모른 체 상대측에게 당하는 것보다 사고 경위를 정확히 알고 대처하면 이길 수 있지 않겠느냐. 하며, 마치 정의의 용사인양

'말(馬)이 할머니를 뒷발로 찼으며 이미 사망까지는 아니어도 상당히 치명타를 입었을 할머니를 넘어지는 순간에 운 나쁘게 하필 그 순간 택시가 지나며 치게 된 것이다.'라고, 둘은 본대로 그에게 자세히 상황 설명을 해 주었다.

"네, 그랬었군요. 전혀 몰랐어요. 알려 줘서 정말 다행입니다."

몇 번이나 고맙다며 안절부절 하는 택시 아저씨는 매우 착해 보였다. 갑자기 달려드는 할머니를 피할 수가 없었다며 얼굴이 사색이 되어 있었다. 나영은 택시 아저씨가 틀림없는 약자라고 생각했다. 사연을 들어 본즉 사고를 당한 할머니는 마부의 노모였으며 옆 가게에 가는 중이었다는 것이다.

마부가 '멀쩡한 사람을 택시가 쳐서 죽였다.'며 고함을 지르자 사람들이 몰려들어 웅성거렸고 의식을 잃은 할머니는 손자가 업어서 집으로 모셔갔다고 운전기사는 울먹였다. 마부는 택시운전사를 윽박지르며 경찰서에서 보자고 고래고래 소리를 질렀다는 것이다.

"학생들이 꼭 좀 도와줘요. 억울하게 당하게 생겼어요. 본 상황을 그대로 말해주면 되요."

"알았어요. 본대로만 말하면 도움이 되는 건가요?"

"그럼요, 경찰이 물으면 그대로만 말해줘요. 걸어가는 할머니를 막무가내로 내가 처 죽였다고 하니 답답한 일 아닙니까?"

삼십대 후반정도로 보이는 운전사 아저씨에게는 아내와 어린 자식이 둘이 있다고 말했다. 가정 형편이 어려워 운전사로 취직했으나 벌이가 좋지 않아 겨우 목구멍에 풀칠을 한다며 이만저만 울상이 아니었다. 그런데 사고를 내어 사람을 죽였으니 형무소 생활을 면키 어렵다며 도와 달라고 통사정을 했다.

정애와 나영은 안타까웠다. 그 에게 주소와 이름을 적어주고 꼭 도와주겠노라고 약속까지 했다. 말의 행동은 번개처럼 순식간에 일어난 것이어서 그녀들 외에는 그 광경을 목격한 사람이 없는 것 같았다. 말(馬)도 죽은 할머니도 말을 할 수 없으므로 사건의 진실을 알고 있는 것은 오직 둘뿐인 격이 되었다.

나영과 정애가 본 견해로는 '말이 뒷발질하는 속도나 날렵함을 보아 할머니는 택시가 아니어도 그 자리에서 뇌진탕으로 사망 했을 것이다.' 라는 추측이었다. 둘은 모처럼 좋은 일을 하게 되었다고 흥분하여 집으로 돌아왔다.

어느 날, 나영과 정애 앞으로 각각 경찰서에서 편지 한 통씩이 날아들었다. 사고현장을 목격한 증인으로 조사를 하겠으니 출두해 달라는 내용이었다. 정애와 나영은 서면에 적혀 있는 출두 일에 난생처음으로 경찰서를 찾아 갔다. 경찰복차림의 한 남자에게 온 사유를 말하고 의자에 앉아 있었다. 잠시 후 사복차림의 삼십대 초반쯤으로 되어 보이는 젊은 남자가 가까이 다가왔다.

"한 정애가 누굽니까?"

"네, 전데요."

친구는 마치 죄인처럼 의자에서 벌떡 일어나며 대답했다.

"그럼, 이 나영은?"

"네, 제가 이 나영입니다."

나영이 일어서자 형사는 둘을 잠시 번갈아 보았다.

"김 형사? 여기 이 쪽 조사 좀 맡아줘, 이 나영은 나를 따라 오고."

깜짝 놀랐다. 같이 가는 것이 아니라니 그때부터 나영은 겁을 먹었다. 정애도 그녀와 생각이 같았는지 금 새 얼굴이 울상이 되어 버렸다.

"아저씨, 우리 따로 가는 거예요?"

나영은 주춤거리며 작은 목소리로 물었다. 그러는 사이 한 형사라는 사람은 이미 정애를 재촉하여 꺾어진 복도로 사라지고 있었다. 정애는 형사의 뒤를 따라 가며 자꾸만 고개를 돌려 나영을 바라보았다. 둘은 마치 도살장에 끌려가는 소처럼 따라 갈 수밖에 없었다.

나영이 끌리듯 간 곳은 창고처럼 생긴 왠지 기분 나쁜 작은 공간이었다. 그 곳에는 귀퉁이가 낡은 책상 하나와 두 개의 의자가 놓여 있었다. 사방 벽은 흰색 페인트가 오래되었는지 누렇게 탈색 되어 있었고, 천정 귀퉁이마다 거무스름한 거미집이 있어 마치 만화에 나오는 마귀의 집을 연상케 했다. 이미 장소만으로도 위압감이 들었고 무서웠다.

얼굴이 험상궂게 생긴 형사는 낡은 나무의자를 권하며 자신은 책상 앞에 앉았다. 그리고 그는 서류 임직한 종이를 몇 장 넘기며 비웃음인지 한쪽입술을 올려 씩- 웃더니 머리를 반쯤 숙인체로 늑대 눈을 치켜뜨며 나영을 빤히 처다 보았다. 나영은 죄인처럼 순간 위축되었다. 잠시 그녀를 응시하던 그는 서류를 탁- 소리가 나도록 책상위에 던져 놓고 팔짱을 끼더니 취조를 시작했다.

"지금부터 내가 묻는 말에 거짓 없이 대답해야 한다. 알았나?"

형사의 얼굴엔 처음 보았을 때와는 전혀 다른 싸늘한 냉기가 흘렀다.

"네."

기어들어 가는 소리로 겨우 대답했다.

"만일 한 마디라도 거짓을 말하면 감옥살이를 하게 된다."

"네."

죄인을 심문하듯 날카로운 목소리로 윽박질렀다. 겁이 나긴 했으나 그렇다고 거짓을 말 하거나 꾸며대고 싶지는 않았다. 나영은 자신이 잘 못한 것도 아니고 본 대로 진실을 증언하러 온 것뿐인데 죄인 취급을 받는 것이 오히려 기분 나빴다.

무슨 생각을 하는지 잠시 침묵하는 그의 표정에서 나영은 심상치 않음을 읽어내고는 내심 불안함을 떨칠 수 없었다. 그러나 나영은 초지일관 그가 묻는 데로 사실을 대답해 주면 되는 것이었다.

"이 나영은 ○월○일 ○시에 어디에서 무엇을 보았나?"

"서 있던 말이 지나가는 할머니를 갑자기 뒷발로 찼어요."

"눈으로 직접 보았나?"

"네."

형사는 '사실대로 얘기하라.'면서 같은 말을 계속 반복했다. 형사는 말도 안 되는 거짓말을 하고 있다며 나중에는 자신도 지친 듯,

"잘 못 본 것이라고 말해. 그럼 보내준다."

하며 억지 진술을 요구해 왔다. 그렇게 말하면 더 이상 경찰서에 오지 않아도 되고 지금 바로 집에 보내주겠다고

선심 쓰듯 달래는 방법을 쓰는 것이다.

"그래도 지금껏 말 한데로 본 것이 사실인데 어떻게 거짓을 말하라는 것입니까?"

그러자 형사는 무언가 빗나간다는 일그러진 표정을 지었다.

"그래?, 그럼 현장 조사를 해야지."

하며, 사고 현장으로 나영을 데려갔다.

정애가 궁금했다. 그 쪽도 분명 형사의 우격다짐이 있을 것이라 생각되었다. 두려움에 원하는 거짓진술을 해줬는지 그것이 알 길이 없어 나영은 답답했다. 현장 조사에서는 말이 뒷다리를 높이 들어 할머니의 얼굴을 치는 순간적인 행동과 그때의 상황을 본데로, 몸짓으로 언어로 세세히 설명하게 했다. 하지만 형사는 물론 마부도 믿으려 하지 않았다. 오히려,

"저 년들이 운전사에게 뇌물을 받고 꾸며대는 말일 거야."

하며 저희들끼리 빈정거렸다.

말이 저를 해하지도 않는데 더구나 보이지도 않는 뒤에서 걷는 사람을 발로 찼다는 것은 어불성설이라는 것이었다.

감히 짐작 할 수도 없는 일이었으나 분명 나영과 정애는 보았다. 진정 목격한 일이었기에 믿으려 하지 않는

어른들을 설득하고자 그녀들은 애를 썼다.

가슴이 답답하고 모두가 원망스러워졌다. 현장조사를 한 후 경찰서로 다시 돌아왔다. 한참을 우두커니 기다리게 하던 형사는 문을 열고 들어오며 다짜고짜 큰 소리를 질러댔다.

"한 정애는 말이 할머니를 친 것을 본적이 없다고 하는데 너는 왜 그렇게 우기는 거지?"

얼굴을 바짝 나영의 얼굴 가까이 대듯하며 윽박지르는 그의 입에서는 측간에서 나는 지독한 구린내가 쏟아져 나왔다.

"친구가 그렇게 말했다면 아마도 형사 아저씨가 무서워서였을 것입니다. 더 할 말이 없네요. 저는 지금까지의 진술이 사실입니다."

오기가 발동한 나영은 어디서 그런 용기가 생겼던지 가겠다며 일어섰다. 정애가 그렇게 말 할 리가 없었다. 나오는 뒷머리에 대고 형사는 빈정거리는 투로 말했다.

"그래? 그럼 어디 해 보자 구. 누가 이기나."

집에 와서 정애를 만난 후에야 그 형사가 우리 둘을 분리 시켜 수사했던 속셈을 알았다. 그 쪽도 나와 모든 것이 똑 같았다. 둘은 끝까지 진실만을 얘기 하자고 다짐했다.

잘 못 보았다는 말 한마디면 수사는 종결지어지게 되고 다시 일상으로 돌아 갈 수 있게 됨을 서로 알고 있었다.

하지만 마치 의리의 소녀용사라도 된 것처럼 이제는 그 형사가 미워서도 그렇게 할 수 없었다.

일주일 후 둘은 그 형사의 출두 명령대로 다시 경찰서로 갔다. 모든 것은 죄인다루는 취조형식으로 처음과 똑같았다. 그러나 그녀들의 진실은 끝내 통하지 않았다.

'왜 어른들은 진실을 진실로 받아들이지 않을까?'

이해 할 수가 없었다. 그 진실을 정의라고 내세우던 그녀들의 고집은 급기야 평생을 두고 후회할, 끄지 못할 큰 불씨가 되고야 말았다.

정의, 진실(?) 실로 계란을 들고 바위를 부셔보려고 달려든 격이 된 것이다.

증인으로 경찰서 조사를 몇 차례 받고 온 이후로 나영은 기가 죽어 있었다. 그리고 후회하기에 이르렀다. 가장 큰 불안은 그 형사가 다음에도 계속 거짓을 말하면'부모까지 불러 조사하겠다.'는 엄포를 놓았기 때문이었다.

나영은 걱정이 되어 하루하루가 피가 마르는 것 같았다. 언제 양쪽 부모님들이 알게 되어 폭탄이 터지게 될지 예측할 수도 없었다. 자나 깨나 살아 숨 쉬는 것조차 두려울 정도였다. 시간이 지날수록 둘은 공포에 떨며 공부도 제대로 할 수 없게 되었다.

하루 일이 끝나고 집에 도착하면 대문사이로 떨어져 있는 우편물이 있는지 그것부터 살폈다. 차츰 어머니 표정은 어떤지 눈치도 보게 되었다. 열흘 안으로 다시 부르겠다던 형사의 말이 언제나 귓가에 맴돌던 어느 날, 그 날이 가까워질 무렵이 되어서였다.

"나영아, 오늘 일요일인데 영화 보러 갈까?"

"응? 영화?"

"으응, 하도 답답해서 그래 엄마한테 얘기 했어 영화보고 온다고."

"그래, 가자. 무슨 영화가 나왔는데?"

"코리아 극장에서〈저 하늘에도 슬픔이〉를 한다고 벽마다 포스터가 붙어있어."

둘은 일부러 버스나 택시를 타지 않고 걸었다. 그 만큼 마음이 심란했기 때문이었다. 전에 말(馬) 사건이 있었던 곳을 지날 때는 아예 먼 산을 바라보며 걸었다. 그래도 소름끼치는 형사의 얼굴이 떠오르는 것은 마찬가지였다.

입에서 터져 나오던 구더기 같은 말소리하며 늑대 같은 눈 꼬리에 매달린 비웃음이 나영의 옷 속으로, 신발 속으로, 머리카락 사이로 스멀스멀 기어드는 것 같아 소름이 돋았다. 가늘게 진저리를 쳤다. 둘은 서로 말없이 큰 도로를 따라 걸었다. 소나기가 한 줄금 지나간 길이 질척거렸다.

"나영아."

"응?"

나영은 아예 길바닥에 깔아뭉개듯 힘없는 목소리로 정애의 부름에 건성대답을 했다. 머릿속은 며칠 후 또다시 형사 앞에서 고문당하듯 머리 숙이고 앉아 있을 자신을 떠올리며 근심에 차 있었다.

"우리 죽어 버릴까?"

"……."

정애의 갑작스런 말에 나영은 깜짝 놀랐다. 내심 그녀도 그런 생각을 했다가 지우기를 매일 반복하고 있던 차였다. 순간 재빠르게 뇌리를 스치는 것이 있었다. 그 '기세등등하고 살모사 같은 형사를 세상에 널리 알리자.' 쇠망치로 때려서 짓이겨도 살아 일어나 달려 들것만 같은 징그러운 그 놈, 그에게 보복하는 길은 '우리가 자살하는 것,'이라는 생각이 들었다. 그러면 신문과 방송이 떠들 썩 할 것이라는 생각이었다. 둘은 죽을 수밖에 없는 이유를 유언장으로 남길 것이었다. 그리고, 그간의 사연을 세세히 적어 신문사로 보내면 되는 것이었다.

〈한정애와 이나영 소녀들의 자살, 이유는 바른 증언이 묵살되고 거짓증언을 강요받다 고문에 못 이겨 억울함에 자살하다.〉

〈진실을 진실로 받아들이지 않고 묵살시켜 어른들의 편

리한 수사로 끌어가려는 속셈을 세상에 알리고 싶다.〉

이렇게 신문에 대문짝 만 하게 실릴 것이다. 그러면 담당형사는 직위를 내어 놓고 마땅히 감옥에 갇혀야 하는 것이 그녀들의 뜻이다.

의미 없는 죽음이 아니라고 어처구니없이 단정지어버린 정애와 나영은 건성으로 영화를 보며 모든 것을 생각한대로 진행하기로 마음먹었다. 이틀간 각자 소지품을 정리하며 없애야 할 것들은 모조리 소각 했다. 유언장을 완성하고 각각 어머니에게 편지를 쓰다 설움에 복받쳐 엉엉 울었다.

어느 몹시도 추웠던 겨울날
몸을 둥글게 말고 오래오래 혼자 울던 어머니
등이 시릴 것 같아 살며시 옷을 덧대주었지
앙상한 등짝에서 삶에 찌든 거름 냄새가 났다.
곧추세울 힘도 없는 닳고 닳은 그 척추가
어머니의 일생을 끌며 가고 있다.

드디어 경찰서에서 증인 출두하라는 편지가 날아들었고 그 사형선고 같은 날의 하루 전이 되었다. 둘은 학교에 아프다는 핑계를 대고 정애의 엄마가 해주시는 마지막 점심을 먹은 후 가벼운 옷차림으로 집을 나섰다. 쪽문을 닫으며 나영은 동그란 쇠붙이로 된 문고리를 매만져 보았다. 맨 처음 정애를 따라 이집 문을 들어서던 때를 떠올렸다.

초등학교 3학년 여름 방학이었다. 정애가 자기 집에서 하룻밤 같이 지내자고 하여 못이긴 듯 따라 왔었다. 버스에서 내려 얼마 걷지 않아도 되었다. 어머니 가게라며 미닫이 유리문을 열고 들어갔다.

"엄마, 나영이 데리고 왔어, 자고 내일 갈 거야."

정애의 말에 하던 일을 멈춘 어머니는 나영을 바라보며 활짝 웃었다. 그 웃는 얼굴이 어찌나 다정해 보였던지 나영의 얼어 있던 작은 가슴이 봄눈처럼 녹아 내렸었다.

"그래, 나영아 잘 왔다. 안채로 들어가거라. 저녁에 맛있는 것 해 주마."

하는 목소리는 마치 보석이 구르는 소리 같았다. 가게를 끼고돌면 골목에 안채가 있었다. 두 쪽이며 철재로 되어 은색 페인트가 칠 해진 대문은 굳게 닫혀있었다. 그리고 한쪽 문에는 작은 쪽문이 달려 있어 사람들은 그 문으로 드나들고 있었다. 그 때는 대문이 너무 좋아 보여서 자신의 시골집 사리 문을 비교하며 나영은 주눅 든 기분이었다.

지금 그때보다 훨씬 허름해 보이는 대문은 페인트 색깔

이 변해서라는 생각이 들었다. 큰 대문이 열려진 것을 지금껏 본 적은 한 번도 없었다.

　'이제 모든 것을 굳게 닫힌 이 대문처럼 닫아야 한다.'

　정애를 잘 따르는 누렁이도 몇 번이나 쓰다듬어 주었다. 둘은 가게 앞으로 지나가지 않고 골목 뒷길을 택하여 시내로 향했다. 다리를 지나다 난간을 붙잡고 멍 하니 서 있었다. 지난 팔월 대보름날이 떠올랐다. 두둥실 보름달이 떠오를 때 소원을 빌면 이루어진다는 동네 언니들을 따라 이 다리에 왔었다.

　난간에 기대어 산등선에서 암탉이 알을 낳듯 쏙 솟아오를 달님을 기다리며 하늘을 뚫어져라 바라보고 있었다.

　가을의 선선한 바람이 향긋하게 코를 스쳐 지나갔다. 그때였다. 신비의 존재처럼 둥근 달이 꼬리를 떼어내고 산 위로 둥실 솟았다. 순간, '와!'하는 사람들의 함성과 박수소리가 밤하늘에 멀리멀리 퍼져 나갔다. 나영 또한 전신에 전율을 느꼈다. 그리고 진정으로 원하며 소원을 빌었다.

　'열심히 공부해서 훌륭한 사람이 되겠습니다. 도와주세요. 달님.'

　훌륭한 사람이 무엇인지 구체적으로 생각해본 일은 없다. 그녀에겐 꿈같은 바람이었다. 그 꿈에 부풀던 행복은 이젠 어디에도 없다. 그것은 나무 꼭대기에 엉성하게 지어 놓은 까치집처럼 바람구멍만 숭숭할 뿐이었다.

다시 발걸음을 옮겼다. 신발은 전쟁터에 나가는 군화처럼 무거웠다. 맨 처음 할 일은 시내에 있는 약국이란 약국은 다 뒤지는 것이었다. 소화제도 아니고 진통제도 아닌 수면제를 사는 일은 보통 곤욕스런 일이 아니었다. 약국 앞에 발을 멈추자 두 소녀는 네가 먼저 들어가라고 서로 등을 떠밀었다. 나영이 먼저 용기를 내었다. 약국에 처음 가보는 것처럼 머뭇대며 유리문을 밀고 들어갔다.

"저-, 수면제 두 알만 주세요."

"왜, 잠이 안 오나요?"

친절한 약사는 흰 알약 두 개를 네모난 조그만 종이에 담아 꼭꼭 접어주며 일상적인 말을 물었지만 그녀로서는 도둑질이나 한 것처럼 기어들어 가는 소리로,

"네."

하며 얼른 그곳을 빠져나왔다. 그 약사는 밤새 공부하려는 학생으로 여겼을 것이다. 소녀들은 생각했던 것보다 수면제 사기가 쉽다는 것을 그제야 깨달았다. 그 이후 용기가 생겨 자진하여 교대로 수면제 두 알씩 사는 것쯤은 어렵지 않게 되었다.

수면제는 위아래 옷의 주머니가 불룩 하도록 모아졌다. 가게에 들러 소주 한 병도 샀다. 수면제를 소주로 마시면 왠지 더 효과가 있을 법 했기 때문이다.

사방은 어둑어둑 해지고 있었다. 이제는 여관을 들어가는 일만 남았다. 그것이 큰 문제였다. 누구한테 들킬 것만 같아 가슴이 콩 당 거렸다. 용기를 내어 또 걸었다. 그동안 수면제를 사느라 체력이 모두 소모되었던지 기진맥진한 상태여서 일단 쉬고 싶었다. 등은 땀으로 후줄근 젖어 있었다.

여관이 많이 밀집되어 있는 역 근처로 갔다. 때마침 여수행 기차가 막 출발하며 숨이 차는지 목매인 기적소리와 함께 검은 석탄 연기를 뿜어내고 있었다. 나영은 기차를 타고 세상 끝까지 가보고 싶다는 충동이 그때 일었다. 그러나 현실을 직시하려 애를 썼다.

철길 너머에는 여인숙이 다닥다닥 붙은 골목이 미로처럼 되어 있었다. 그 골목 입구에는 보기에 민망할 정도의 옷을 걸친 그녀또래의 아가씨들이 서성거리고 있었다. 그들은 몸을 파는 창녀들 이었다. 앞가슴이 너무 파인 옷이랄지 진한 화장품과 향수냄새로 짐작 할 수 있었다. 그녀들과 스치면서 코를 자극하는 냄새 때문에 구역질이 날 뻔 했다.

그들은 암울한 표정으로 지나는 소녀들을 의외라는 듯 바라보았다. 왠지 모를 두려움과 공포에 나영은 몸이 사시나무처럼 떨렸다. 가능한 둘은 그 의문녀들을 피 해 다녔다. 막상 들어가려 다가서면 발이 얼어붙은 듯 떨어지지 않았다. 쓰러질 듯 비틀거리며 순찰병처럼 몇 바퀴를 돌았던지 온 몸은 땀으로 흠씬 젖어 있었다. 할 수 없이 마음을 다잡고 후미진 골목길에 그녀들이 없는 어느 여인숙으로 들어갔다. 아주머니 한분이 열어 놓은 조그만 미닫이 창문에 얼굴을 대고 물었다.

"어찌 왔어?"

익숙한 말투와 위 아래로 훑어보는 매서운 눈초리에 더럭 겁이 났다. 어색한 분위가 되었다. 정애가 얼른 답을 했다.

"아주머니, 서울에서 기차를 타고 왔는데 집이 산골이라 이 밤에 갈 수가 없어서요. 하룻밤 자고 가려는데 방 좀 주세요."

울상까지 지으며 사정하다시피 둘러대었다. 아주머니는 의심하는 눈치는 아니었다. 일단 안심하고 안내하는 데로 아주머니를 따라 모퉁이를 돌아갔다.

(후일 알게 되었지만 그 여인숙 주인아주머니는 포주였다.)

방문을 여니 퀴퀴한 곰팡내가 코를 심하게 자극했다. 그리고 한쪽에 놓여 진 얇은 이불과 베개는 오래도록 세탁을 안했는지 땟국이 흘렀다. 방바닥과 벽지는 군데군데 낙서와 이물질이 묻어 혐오스럽기 짝이 없었다.

나영은 이곳에서 삶이 끝난다고 생각하니 서럽고 기가
막혔다.

　"어차피 죽어지면 더럽고 깨끗한 것이 다 무슨 소
용이겠니."

　하며 정애는 방바닥에 철퍼덕 네 활개를 펴고 누웠다.
나영도 피곤한 몸을 바닥에 뉘며 스르르 눈을 감았다. 잠
시 후 아주머니가 노크도 없이 문을 열었다.

　"물 가져 왔어."

　퉁명스럽게 말하며 방바닥에 놓은 것은 물주전자와 컵
이 담긴 쟁반과 숙박인 명부를 기록하는 검은색 표지의
장부였다. 여인숙 주인은 집 주소와 이름을 쓰라며 문턱
에 앉아 겉표지를 열고 가로로 줄이 그어진 누런색종이
의 빈 부분에 손가락질을 하고 사라졌다.

　정애는 다른 사람들이 기록한 것을 눈을 굴리며 훑어
보았다. 잠시 뒤, 갑자기 고개를 휙 돌려 한쪽 눈을 감아
보이며 익살스러운 표정으로 나영을 바라보았다. 그리
고 곧 바로 무언가를 써서 숙박비와 함께 접어서 문 한쪽
에다 놓았다. 나영은 벽에 등을 기대고 앉아 꼼짝도 안하
고 정애가 하는 짓을 바라보고만 있었다. 얼마 후 아주머
니는 장부를 가지고 갔다. 이제는 눈빛이 섬뜩한, 무섭게
생긴 여인숙 뚱보아줌마는 물론 누구도 이 방에 오지 않
을 것이다. 둘만이 자유를 만끽하는 자리였다.

"시골 외가의 주소를 적어 줬어, 낼 아침 우리를 확인하면 연락하겠지?"

"……."

침묵이 흘렀다. 정애가 시골 할머니 집 주소를 적은 것은 너무 놀라 기절할 어머니를 조금이나마 배려한 것이었다. 둘은 서로 어머니를 떠올렸다. 다시 눈시울이 뜨거워졌다.

더운 날 토방에 한쪽 배를 대고 스르르 눈을 감는 누렁이마냥 배게도 없이 또다시 몸을 방바닥에 부려 놓았다. 얼마쯤 시간이 흘렀을까 기차가 정거하고 또 떠나는 소리가 점점 크게 들려왔다. 밤이 꾀 깊어진 것 같았다. 누워있던 정애가 부스럭대며 천천히 일어나 앉았다. 나영도 일어났다. 누가 그렇게 하라고 시킨 적 없었고 배운 적도 없었다. 둘은 호주머니에 불룩한 것들을 땟국이 찌든 여인숙 방바닥에 수북이 꺼내 놓았다. 그리고 똑같이 반으로 나누었다.

"……."

"……."

아무 말 없이 젖은 두 소녀의 여린 눈이 마주쳤다. 서로 누가 먼저랄 것도 없이 끌어안았다. 어둠 속을 하염없이 달려가는 기차, 그 긴 고독의 목멘 소리처럼 둘은 어깨를 들썩이며 서로 그렇게 부둥켜안고 오래도록 흐느껴 울었다.

죽음의 공포가 그녀들 앞에 서서히 다가오고 있었다. 정의에 불타던 철없는 소녀들의 불 꺼진 방에는 고요가 깊숙이 내려앉았다.

깜빡이는 비상등마저 헉헉 거리는 나영의 숨소리에 부딪혀 깨졌다. 그리고 어둡고 질척거리는 길을 그녀는 한없이 걸었다. 한줄기 빛도 없이 발길에 체이는 것은 돌멩이와 물구덩이였다. 힘이 들었다. 답답하고 숨이 찼다. 뒤에서 누군가 자꾸만 불렀다.

'아가, 그리 가면 안 된다. 안 된다. 이리 오너라.'

하고, 줄곧 따라 오며 손사래를 쳤다. 정신이 혼미해 졌다.

'나영-아~.'

물소리 섞인 산울림 같은 어머니의 목소리가 가늘게 들려왔다. 그 소리는 몇 차례나 끊겼다 이어지기를 반복했다.

미끄덩한 구역질을 하며 뒤집혀지는 하늘과 땅에 엉거주춤 매달렸다. 나영은 비둘기의 서푼 대가리처럼 방향감각을 잃었다. 눈을 뜨려 애를 써 보았다. 그때 희미하게 은빛으로 반짝이는 무언가 조그만 물체가 안구로 들어왔다. 눈이 부셨다. 갑자기 힘이 솟았다. 팔을 내두르며 은빛을 잡으려고 허우적거렸다.

"아가, 살았구나. 내 새끼 살았구나."

벌떡거리던 목숨 한 가닥이 툭 툭 소리를 내며 깨어났다.

어머니의 마디 굵은 손가락에서는 외할머니께서 숨을 거두며 끼워 주셨다는 은가락지가 반짝거리고 있었다.

시간과 시간이 스치는 극적인 찰나에서 나영은 살아남았다. 그러나 죽음과의 싸움으로 인한 후유증에 시달리며 질기고 질긴 삶을 이어가고 있을 뿐이다. 이승과 저승 사이의 장막은 어찌 보면 그리 두텁지도, 그렇다고 얇지도 않은 안개 같은 것인지도 모른다. 삶이란, 이쪽과 저쪽 사이의 짧은 통로일 뿐이라는 생각이 든다.

나영은 비가 오면 가끔씩 친구의 혼백이 잠긴 호수에 가 본다. 그 때마다 물결은 동그라미를 그리고 있었다.

"정애야, 보고 싶다."

친구의 얼굴을 쓰다듬듯 허공을 만지며 그리워 목이 멘다. 그리고 미안하다고 소리친다. 너 혼자 보내서 미안하다……

그 날, 나영은 술 때문인지 속이 울렁거려 죽은 듯 뉘인 몸을 몇 번이나 일으켰다. 그러다 여인숙 작은 방 네 구석을 박박 기어 다니며 먹은 것을 다 쏟아냈었다. 눈을 감고 있었지만 정애는 알고 있었다. 토해낸 알약을 어둠 속에서 두 손으로 주섬주섬 모아 입안에 쑤셔 넣으며 목 울음 삼키던 처절한 친구의 행동거지를……

소주와 알약, 그리고 다시 토해진 것들이 뒤범벅되어

물과 함께 목줄을 타고 내려가면, 곧바로 울렁이며 토악
질로 다시 기어 나왔다. 그것들을 다시 입 속으로 집어넣
기를 반복하며 물 한주전자를 다 들이키고도 빈 주전자를
품에 안고 뒹굴었던 그 날,

　고문당하듯 몸부림치던 나영은 흐느껴 울다 정애의 가
슴위에 얼굴을 묻었다. 모르는 척 눈 감고 반듯하게 누워
미동도 없던 정애는 나영의 머리를 가만히 쓸어안았다.
그녀의 뽀얀 볼 위로 눈물이 흘러내리고 있었다. 나약하
여 오래도록 가슴 아렸던 것들, 꼬-옥 감은 눈 속에 묻었
다. 진실을 들어 타협하려 애쓰며 그나마 화사했던 여린
정열이었다.

　잊고 있었던 사고 현장을 우연히 지나게 되었다.
　(목격자를 찾는다.)는 문구가 쓰여 진 플랜카드가 걸
려 있었다. 얼마 전 나영이 목격한 그 사고가 분명했다.
전화에 저장된 자동차의 넘버를 찾아보았다. 메모 란에 또
렷이 적혀있었다.

　오래된 기억 중에도 절대 잊혀 지지 않는 것들이 있다.
흡혈귀처럼 피를 빨아먹던 지독한 바이러스 균은 영원히
사라지지 않는 흉한 상처를 남겼다. 그 자리는 썩은 물이
고여 있는 깊은 수렁처럼 오래도록 구린내가 난다.

　손 전화에 저장된 차량번호를 '삭제'에 고정시켰다.

잠시 망설인 후 '확인'버튼을 눌렀다. 어디선가 불어오는 바람 한 점이 가해자의 뺑소니차량번호를 획- 끌고 사라져 버렸다.

　　너와 나 사이
　　투명한 속으로 뜨거운 빗물이 흐른다.
　　너는 내게로 오고, 나는 네게로 가는
　　깜깜한 어둠에서 서로 꿈틀거린다.
　　만삭의 몸으로 보폭을 잃지 않던 엄마처럼
　　속도를 유지하며…….
　　검은 잠에 빠져있는저 빈터에
　　하나, 둘씩 가슴 넉넉한 꽃들이 피어나길 기다리자
　　골짜기를드러내지 않는 숲에서…….

　　"정-애-야~."
　아무리 불러도 친구는 대답이 없고, 빗소리만 가늘게 나영의 목소리를 끌고 스치듯 물 위를 걷는다.

5. 바다에는 바람 귀신이 산다

   손전화의 진동에 잠을 깼다. 나영은 반사적으로 손을 뻗어 소리 나는 쪽을 더듬거렸다.

  '이 늦은 시간에 어인 전화람.'

  반쯤 감긴 눈으로 전화기를 집어 들었다. 자정을 훨씬 넘긴 시간이었다.

  "여보세요?"

  늦은 시간이라 잘못 걸려 온 전화일거라는 생각에 목소리를 퉁명스럽게 내던졌다.

  "누나."

  그런데 수화기의 목소리는 뜻밖에도 무성이였다.

"응, 무성이니? 왜 그래?"

나영은 불길한 마음에 다급하게 채근했다.

"삼촌이 조금 전 돌아 가셨다고 연락이 와서……."

무성은 머뭇거리며 말끝을 흐렸다.

"무-슨-말 이야?"

"……."

"무성아, 무슨 말을 하는 거야? 삼촌이 죽다니 왜?"

"응, 나도 방금 경찰서에서 연락 받아 믿기지는 않아, 자세한 건 나도 모르니 병원으로 가봐야겠어 누나도 바로 와봐."

전화가 끊겼다. 방망이로 한 대 얻어맞은 듯 머리가 멍- 해졌다. 가슴엔 벌건 불덩이가 날아든 것 같았다.

나영의 형제들은 작은아버지라 부르지 않고 삼촌이라 부르는 것에 더 익숙해져 있었다. 아버지의 친인척으로 는 유일하게 생존해 계셨던 분이기도 했다.

가을의 끝 무렵, 기출은 그의 집에서 그리 멀지 않은 바 닷가에 미리 예약해 놓은 횟집으로 나영의 가족들을 초대 했다. 창가로 자리를 잡아 출렁이는 바닷물이 훤히 내다 보였다. 햇살 좋은 맑은 날이었지만 바람이 몹시 불고 있 었다. 기출은 소주 몇 잔에 거나해졌다.

"나영아, 두 주 후에 바다낚시 하도록 예약해 놓을 테니 동생들이랑 꼭 오너라."

바다에서 직접 잡은 생선회의 맛은 육지에서는 맛볼 수 없다고 안주처럼 입맛까지 다셔가며 자랑을 늘어놓았다.

그는 일찍부터 홀로 된 어머니를 모시고 살았다. 그것이 혼처가 나서지 않는 이유가 되기도 했다. 평생 독신으로 살겠다더니 오십을 훌쩍 넘겼다. 어머니 소원대로 바다에는 몸을 담그지 않겠다던 그는 얼마 전부터 바다로 나가기 시작했다. 친구들과 바다낚시를 즐기면서였다. 제 몸을 다 내어 주며 사람들을 먹여 살리는 바다 품이 좋다고 했다.

사납게 일렁이는 물거품을 바라보며 모래 위에 서 있던 그는

"오래 전 그 어느 날처럼, 바다에는 지금 바람 귀신이 살고 있구나."

혼자 중얼거리며 파도를 응시했다. 눈에 고인 슬픔이 곧 폭발 할 것만 같았다.

어느 날 초저녁쯤 어둠이 깔릴 무렵, 삼촌의 다급한 전화목소리에 나영은 커다란 고무 다라이를 들고 아파트주차장으로 나갔다. 그는 트럭 짐칸을 열어 놓고 기다리고 있었다.

"오늘 친구들과 바다낚시 갔다 왔는데 내 몫이 많아서 가져왔다. 동생들과 나눠 먹어라."

하며, 아직 꿈틀대는 생선들을 넓은 통에 옮겼다. 그녀는 기출의 젖은 옷과 살아 팔딱이는 고기들을 번갈아보며 어찌해야 할지 순간 고민하고 있었다.

"나영아, 뭐해 어서 무성이한테 전화해서 오라고 하지 않고."

"응 알았어 삼촌."

처음 보는 물고기들이 팔딱이는 것을 넋이 나간 듯 바라보았다. 그녀가 알고 있는 생선은 우럭과 꽃게 밖에 없었다. 먼 바다에서 곧장 이곳까지 달려 와준 삼촌의 성의가 고맙기도 했지만 나영은 모든 것이 귀찮아지고 있었다.

'에구 많이 줘도 문제구나. 삼촌도 참 극성이시네……'

나영은 입술만 달싹이는 소리를 하며 기출이 속히 그 자리를 떠나주기만을 기다렸다. 그런데 왜 그런지 그는 갈 생각은 하지 않고 머뭇거리기만 했다. 나영은 무성에게 급히 와야 한다고 전화를 해두었다.

"그런데 저녁이나 먹고 다녀?"

하며 인사차 한번 물어보았다. 그 말을 기다렸다는 듯이,

"밥 좀 줄래?"

하며 기출은 장난스럽게 배고픈 시늉을 했다. 바지 걷어 올린 젖은 옷차림이 마땅치 않았지만 생선들을 한쪽에 잘 덮어 놓고 집으로 들어갔다. 냉장고에 있는 반찬

몇 가지와 아침에 해두었던 밥을 데워 서둘러 차려 주었다.

"미안해 삼촌, 다음에 오면 따뜻한 밥 지어 줄게. 찬밥이라도 많이 먹어."

"아니다, 괜찮아 내가 배가 몹시 고팠나보다."

그와는 어릴 때부터 친구처럼 지낸 탓인지 나이가 들어서도 어렵게 느껴지지가 않았다. 정말 배가 고팠던지 기출이 허겁지겁 두 그릇을 뚝딱 비우고 나자 무성이 도착했다고 연락이 왔다. 동생에게 주고 난 나머지 생선은 냉동실에 구겨 넣었다.

그 어설픈 한 끼 밥상이 나영의 가슴을 오래도록 아리게 할 줄 그때는 몰랐었다. 나영은 왠지 죄인이 된 느낌이 들었다.

'삼촌, 미안해요. 무언지 모르지만 정말 미안합니다.'

공원묘지에 안치되었던 친정아버지의 유골을 화장하여 납골당에 모셨는데 그날도 기출은 함께 했었다.

파묘를 하기 위해 잡아둔 한식날이었다. 진즉 했어야 할 일을 오랫동안 미루던 터였다. 친정에서는 신 새벽부터 자손들이 모여 전날 준비해둔 음식을 챙기느라 부산했다. 과일, 술 등은 빠짐없이 상자에 담았는지 엄마는 쉴 사이 없이 필요 이상의 간섭까지 더하려 들었다.

"너의 아버지 담배하고 막걸리는 빠뜨리지 말거라."

"에구, 엄마는 살아생전 지긋지긋 하지도 않았나요? 그놈의 술 담배?"

큰딸인 나영이 핀잔처럼 한마디 던지긴 했으나 '남편 챙기는 아내의 자상한 마음이구나.' 싶으니 가슴이 찡- 했다. 일찍부터 서둘렀지만 산에 도착했을 때는 이미 희번하게 동이 터 오고, 벌써 일꾼들은 파묘 중이었다.

누더기처럼 듬성듬성 죽어 있던 잔디는 사방에 널브러지고 벌건 속살이 드러나 있었다. 아버지의 집은 가해하는 쇠붙이에 의해 서서히 부서졌다. 태동 하듯 구석구석까지 헤집고 들어가던 봄 햇귀는 이따금 쇠붙이에 닿으며 나영의 눈동자를 찔렀다.

누런 유골들이 보였다. 작은 것 하나라도 다칠세라 조심조심 하나하나를 신중하게 들춰냈다. 손가락이나 발가락 같이 작은 유골은 흙속에 녹아들었는지 보이지 않았으나 나머지는 노랗게 되어 있었다. 그래서인지 습골 하기는 그리 어렵지 않아 보였다. 운명하시기 얼마 전부터 아프다며 자주 움켜쥐었던 가슴 부근의 뼈만 불에 그슬린 듯 거무스레하였다. 그 부분을 바라보니 가슴이 뭉클했다.

"나영아, 집에 오는 길에 불미나리 좀 사오너라."

하시던 생전의 아버지 목소리가 살아 들리는 듯했다. 출근 준비에 바쁜 딸을 불러 으레 하는 주문이었다. 그런 날이면 멀지만 퇴근길에 시장을 들려와야 했다. 시장이라고는 하나 다리 위에 줄지어 앉아있는 할머니나 아낙들이 있는 곳이다. 그곳에 가면 집에서 기르거나 들에서 채취한 것, 아니면 중개 상인에게 조금씩 받은 채소들을 벌려 놓고 행인들에게 팔고 있었다. 그중 보자기를 펴놓고 그 속에 담아 놓은 할머니의 불미나리 한 봉지를 사들고 서둘러 가곤 했었다. 그러면 어머니는 즙을 내어 아버지께 드렸다.

젊어서는 내내 밖으로 돌다, 늙고 병이 들어서야 집으로 찾아든 남편이 고울 리 없었을 것이다. 그래도 술 담배 챙기시는 것은 운명을 달리 했어도 여전하다 싶으니 그런 어머니의 정성마저도 나영은 달갑지 않아 보였다.

진갑을 넘기고 저승길 간지 십오 년 만에 다시 살점 없는 유골로 만나게 되었다. 이런 쇠심줄 같은 질긴 인연도 인연이라 해야 하는지⋯⋯. 이젠 끊어버리고 싶었다. 당신 스스로 평생을 술과 여색을 즐기다 망가뜨린 몸을 아내 탓으로 돌리던 어리석은 사람이 아니던가. 숨을 거두는 순간까지 삶의 끈을 붙잡고 몸부림을 치던 안타까운 모습이 눈에 선했다.

무성과 삼촌이 조심스레 유골을 습골 하여 백지에 담는 동안 스님은 망자가 극락왕생하기를 축원하고 있었다. 죽은 영혼을 위해서라기보다는 산 자들에게 최소한 액운이 따르지 말라는 염원이라고 해야 더 정확할지 모른다. 그때, 나영은 물끄러미 유골을 바라보고 있었다. 스님은 자녀들의 이름을 한 명 한 명 불러주며 기도를 올렸다. 모두들 그 목소리 하나라도 땅에 떨어질세라 귀에 담기에 신경을 곤두 세웠다. 그러나 함께 있던 기출에 이름은 끝내 부르지 않았다.

온 몸이 떨리도록 섬뜩했다. 동생들은 아버지의 유골을 파묘할 때 스님의 기도 중에 삼촌의 이름이 없었다고 하나같이 말했다. 나영은 혼자서만 알고 있었던 특별한 비밀처럼 마음에 걸려하던 일이었다. 정말 그 때문에 삼촌이 사고를 당한 것만 같았다.

'형제 중 누군가를 대신 한 것은 아니었을까?'

하는 의문도 꼬리를 물었다.

어머니는 삼촌을 보기만 하면 한숨지으며 같은 말을 몇 번이나 반복했었다.

"어서 장가를 가야 할 텐데, 늙은 어머니를 모셔야 되니 색싯감이 없는 것인지 참으로 딱해 죽겠구먼."

"아니요, 제가 가기 싫어 안가는 겁니다. 혼자가 편하지 않습니까."

하며 그때마다 삼촌은 씩 웃으며 얼버무리고 말았었다.

얼마쯤 지나자 무성이가 다시 왔다.

"누나, 오늘 수사를 해야 한다니까 우선은 집으로 돌아가야겠어."

무성이의 눈이 벌겋게 충혈 되어 있었다. 요즘 들어 많이 쇠약해지신 어머니에게는 충격 때문에 쓰러지실 것 같으니 '많이 다쳐 아침 일찍 서울 병원으로 이송될 예정'이라 하고, 요양원에서 차츰 치매 증세가 더해 가는 할머니(삼촌의 어머니)에게는 당분간 아무런 소식도 전하지 않기로 했다.

거의 매일 어머니가 좋아하는 먹거리를 사들고 요양원을 찾아갔던 삼촌은 보기 드문 효자였다. 언제나 밝고 착한 사람으로 동리 소문도 자자했다.

동네 혼자 사는 할머니의 오래된 낡은 스레트 지붕을 수리해 주려다 발을 헛디뎌 떨어지며 하필 지붕 아래 있는 돌에 머리를 찧었다는 것이다. 사고 현장은 선혈이 낭자 했다고 한다. 도시에서 잘 살고 있다는 자식들은 모습도 보이지 않아 병원 측도 처리가 난망하여 우선 영안실에 안치해 둔 것이다. 상황은 무성이가 나설 수밖에 없게 되었다.

날이 밝아 무성은 병원비를 계산하고 시신을 삼촌의 집 가까운 병원으로 옮겨 급한 대로 장례를 치르기로 했다.

나영은 삼촌의 영정 앞에 앉아, 웃고 있는 삼촌을 한참 동안 바라보았다.

"저 영혼은 나머지 인생 송두리째 빼앗기고 훠이훠이 날아 갈 수 있을까."

차라리 일찍부터 바다에서 살았더라면 이런 사고는 없지 않았을까? 넋이라도 바람처럼 다시 한 번 와 준다면 무어라 헤어짐을 인사 할까. 숨이 끊어지는 절박한 순간에는 어떤 생각을 하며 안타까워 했을런지……'

나영은 가파른 언덕길을 오르는 것처럼 숨이 헐떡거렸다. 비로소 참고 참았던 울음이 터져 나오기 시작했다. 봇물 터지듯 눈물이 흘러 통곡에 이르렀다. 나영은 미친 듯 회울음을 쳤다. 나중에는 삼촌이 불쌍해서인지 아니면 자신의 서러움인지 분별력마저도 잃었다. 이 시간이 그저 하늘과 바다가 서로 순환하고 있는 꿈이기를 바랐다.

"삼촌, 미안해 잘 해주지 못해서 미안해 삼촌."

얼마나 울었던지 얼굴은 퉁퉁 부었고 몸은 굳어 움직여지지를 않았다.

목구멍에서 풀지 못한 언어들은
뜨거운 눈물이 되고
숨을 쉬려하면 찔레 덤불이 조여 와
흰 찔레꽃을 입 속에서 토해 낸다.

내 숨은 나보다 늙어 바람처럼 버려지고

슬픈 예감이 내 곁으로 시리게 다가 왔었지
이승과 저승 사이 힘없이 걷던 나그네가
그대 였구려~,

장례식에 왔던 사람들은 이상한 듯 나영을 바라보았다. 누구냐고 수군대기도 했다. 서영이 안 되겠다 싶었던지,

"언니, 이제 그만 울고 가자, 더 있다가는 언니가 쓰러지고 말겠다."

하며 나영을 일으켜 세웠다. 장례식장을 막 나오려는 찰라였다. 문 옆에 임신을 했는지 배가 부른 듯 펑퍼짐한 하얀 원피스에 검은색 가디건을 걸친 젊은 여인이 훌쩍이며 서 있었다. 나영은 건성으로 한번 바라보았을 뿐 곧장 동생의 부축을 받으며 집으로 돌아왔다.

자꾸만 삼촌의 목소리가 환청으로 들려 왔다.

"나영아, 나 이렇게는 못가겠다."

하며 엉엉, 울고 있었다. 혼백도 자신의 죽음을 인정하고 싶지 않을 터였다.

"그러니까 삼촌, 조심하지 그랬어. 그렇게 가버리면 어떻게 해, 우리 데리고 바다낚시 가기로 했잖아 그런데 이젠 다시 돌아올 수 없는 곳으로 정말 간 거야?"

또다시 눈물을 쏟아내며 욱죄이는 가슴을 어찌 할 수 없었다. 아무리 발버둥 친다 해도 혼백은 망가진 육체로

다시 들어 올 수는 없는 것이었다.

화장의 절차를 거쳐 삼촌을 마지막 보내는 일까지 모든 것은 무성이가 맡아서 했다. 유골가루는 강물에 뿌려졌다.

"삼촌의 마지막 길 잘 배웅해 드렸는가?"

"정성껏 잘 보내 드렸으니 걱정 말고 이제 누나 몸 좀 추슬러야겠네, 얼굴이 많이 상했어."

그의 혼백이 어디선가 보고 있을 것만 같았다. 스님 말에 의하면 육체를 떠난 영혼은 자신이 죽었다는 것이 믿기지 않아 한동안 울며 떠돌아 다닌다고한다. 그러면서 생전에 살던 집이며 다니던 곳을 기웃거리다 서서히 자신이 죽었음을 인정한다는 것이다. 그래서 사십 구제는 그 혼령을 좋은 곳으로 가도록 천도제를 지내주는 것이라 했다. 삼촌의 영정을 사찰에 모셨다. 가끔씩 찾아 부디 극락왕생 하시기를 빌어 볼 양이다.

"그래, 산 사람은 살아야겠지. 내일은 요양원에 계신 할머니한테 함께 가세."

"그래야지, 아들 죽은 지도 모르고 맛있는 것 왜 안사오나 기다리실 거야."

"할머니에게 무어라 말할까?"

"글쎄…… 조금 다쳤는데 서울 어느 병원으로 수술하러 가서 한동안 못 온다고 해야 되겠지."

요즘 들어 치매 증상이 자주 나타나고 있다하니 오히려

다행이라 여겨지기도 했다. 다음날 아침 나영은 일찍 서둘러 동생들과 요양원으로 향했다. 들녘에는 늦가을햇살이 쏟아지고 있었다.

"무성아, 사고처리는 어떻게 되어 가고 있어?"
"집주인 아들이 힘깨나 있고 추잡한 사람인 것 같아."
말끝을 흐리며 헛웃음 짓고 먼 산을 바라보는 무성의 눈에는 눈물이 글썽였다. 사람이 파리 목숨 같다더니 이렇게 허망할 수가 있겠는가.

무성을 요양원 할머니에게 보내 놓고 동생과 삼촌이 생전에 살던 집을 들러 보았다. 혼자 사는 노총각답지 않게 안방 침구며 세간들이 전에 없이 꾀나 깔끔했다. 방 한 칸엔 추수한 검정콩도 자루에 담겨 있고, 쌀독엔 쌀이 가득 차 있었다. 냉장고를 열어 보니 바닷고기들이 봉지에 담겨 차곡차곡 쌓여져 있었다. 군데군데 널려 있는 붉은 고추며 옥수수 등은 요즘 수확 중이던 것 같았다. 텃밭에 있는 대파와 붉고 푸른 고추들은 주인의 손길을 기다리다 시들어가고 있었다.

헛간 지붕 위에는 잎들도 말라버린 누런 호박들이 햇볕을 쬐고 있었다. 그들은 언제까지 누구를 기다리고 있을 것인지……. 해풍에 소나무들이 으스스 떨었다.

그때, 옆집 아주머니가 왔다. 그런데 뜻밖의 말을 했다.

삼촌이 근간 사귀는 여인이 있어 곧 결혼까지 하려고 했다는 것이다.

"아이가 하나 딸렸는데 남편과는 사별하고 삼촌과는 아주 좋아하는 사이여, 자주 이 집에 다녀갔지 임신했다고도 하던데."

나영은 깜짝 놀랐다.

"아하, 그래서였구나! 어쩐지 이부자리며 부엌살림이 깔끔하더라니."

서영이 하는 말이었다. 정말 그랬다. 전에 왔을 때는 방 안에 홀애비 냄새하며 냉장고 속이나 방 여기저기 지저분하기 짝이 없었다.

"삼촌은 왜 여태껏 우리에게 말 하지 않았을까, 깜짝 놀라게 해주려고 그런 것은 아니었을까?"

서영이 계속 투덜대고 있었다. 그 여인을 만나서 자초지종 이야기를 들어보고 위로도 해 주고 싶었다. 그러나 그녀가 어디에 사는 누구인지도 알 수 없었다. 그리고 그 여인도 자신의 기구한 운명을 누구에게 보이고 싶지 않을 수도 있었다. 남편 복이 없는……,

'그래, 얽히고설킨 이 운명의 기구함을 어떻게 사람이 다 해결 할 수 있겠는가.'

가슴에 무거운 돌덩이를 하나 더 끌어안고 집으로 돌아왔다. 나영은 어렴풋 장례식장 문 옆에서 울고 서 있던 그 여인이 눈에 밟혔다.

　냉동실에는 삼촌이 죽기 이틀 전에 주고 갔던 생선이 그대로 있었다. 그 중 한 덩이 생선을 꺼내 놓고 한참을 물끄러미 바라보았다. 문득 죽은 그의 살점 덩어리 같아 전신에 소름이 돋았다. 검은 물고기들은 그런 나영을 물끄러미 바라보고 있었다.

　'나영아! 너, 이거 먹어 볼래? 먹어봐 맛있을 거야, 어서 먹어.'

　하는 그의 환청까지 들렸다. 순간 '욱-' 하고 토악질을 했다. 눈앞에 있는 생선이 인육으로 일변되어 구역질이 난 것이다. 삼촌에 대한 애잔했던 마음도 칼로 자르듯 사라져 버렸다. 그리고 몸에 무언가 자꾸만 달라붙는 것 같았다. 몸을 바르르 떨며 꽁꽁 언 생선덩이를 다시 봉지에 넣고 나머지까지 꺼내어 들었다. 나영은 빠른 동작으로 음식물 쓰레기통이 있는 곳까지 뛰어 나갔다. 기출은 검은 물고기가 되어 춤을 추며 나영을 따라 다녔다. 뚜껑을 열어 비닐봉지도 미처 분리하지 못하고 후다닥 생선덩이를 통 안에 던졌다. 그리고 '쾅' 소리가 나도록 뚜껑을 닫았다.

　'너무 어두워 다시는 나오지 못 할 거야, 암 그럴 거야.'

　그에 대한 모든 것을 그곳에 버렸다고 생각된 나영은

그나마 남아있는 정을 떼고 싶은 것이라고 합리화 시키며 뒤도 돌아보지 않고 뛰었다. 뒤를 돌아보면 또 춤을 추며 따라 올 것만 같았다.

'그래, 버리자. 삼촌에 대한 좋았던 기억들, 그 여자와 황금물결을 버리자. 바닷고기와 배고프다고 바라보던 얼굴과 목소리, 활어와 훨훨 타오르던 불구덩이와, 하얀 가루들, 그리고 씩 웃던 눈웃음까지도 모두 버리자.'

기출이 세상을 떠나고 사십구일이 되어 천도제를 올렸다. 나영은 나름대로 정성을 다한 마지막 인사라고 생각을 붙들었다.

'삼촌, 편안히 눈 감으시고 부디 극락왕생 하소서.'

기도는 그렇게 하지만 극락왕생의 의미는 깊이 알지 못한다. 그녀가 흘린 눈물의 무게만큼 아니, 그 보다 더 많이 삼촌의 아픈 마음이 씻겨 지길 바랄 뿐이다.

바람이 분다. 삼촌의 옷가지를 태운 연기와 잔해들이 차가운 바람 따라 허공을 맴 돌다 어디론가 떠나갔다.

나영은 자신의 몸에 변화가 오고 있음을 느꼈다. 삼촌이 떠나기 한 달 전쯤부터 우울증이 시작 되었었다. 죽음의 문턱이 한 발자국 안에 있음을 몸소 체험하며 문 밖 출입을 전혀 하지 않았었다.

'죽음이라는 것, 아무것도 아니구나! 방문 하나만 열면

이승에서 저승인 것을……, 저승으로 가야겠다.'

　나영은 깊은 우울증으로 빠졌었다. 그 즈음 삼촌이 저승길을 갔고, 그녀는 삼촌의 영정 앞에서 통곡했었다.

　나영은 자신의 몸이 차츰 가쁜 해 짐을 느꼈다. 우울증이 사라지고 있음이었다.

6. 불의 나라

창밖이 환 하게 동이 터 오고 있다. 사위와 딸을 깨워 산소에 갈 준비를 서둘렀다. 딸이 산달이 다가오니 제사 지낼 준비를 해주느라 어제부터 와 있었던 것이다. 묘지 가 그리 높지 않은 곳에 있어 가희도 같이 가겠다고 따라 나섰다.

"장모님, 다녀오겠습니다."

"엄마, 다녀올께요."

"응, 그래 조심히 들 다녀오너라. 준비는 잘 했지?"

"네, 그럼요. 걱정 마세요."

"날씨가 아직 싸늘하니 옷들 잘 챙겨 입고 가거라. 가희는 힘들면 차안에 있고."

"네, 알았어요 엄마."

몸살기가 있어 나영은 다음에 혼자 가보기로 하고, 사위와 딸은 성묘를 떠났다. 나영은 몸이 무거울 가희를 걱정하며 설거지를 시작했다.

*

탕! 총을 쏘면 달려 나갈 선수들이다. 미리 조를 짜 놓은 다섯 명이 부동자세로 문 앞에서 기다리고 있었다. 머리 감고 세수 하는데 1분의 시간을 준다. 씻은 사람이 서둘러 들어오면 바톤을 넘겨받듯 후다닥 튀어 나가야 했다. 덥수룩한 검정머리가 귀 밑에서 뭉텅 잘라진 무표정한 중년여자가 의자에 앉아 물을 한 바가지씩 퍼 주고 있었다. 팥죽색 플라스틱 작은 대야에 물을 받았다. 그것도 두 번 이상 받을 수 없었다. 시간도 제한이 있으려니와 물을 아끼고자 함인지 아니,

'너희 같은 죄인들에겐 물 한 방울도 아깝다'고 눈을 부라리는 것인지도 모른다. 머리도 얼굴도 동작이 느리면 비눗물도 다 씻지 못하고 만다. 이런 것에 익숙해진 여자들은 저마다 민첩하게 행동하고 있었다.

바깥세상의 날씨가 꽤 무더운 모양이다. 여섯 평 남짓

한 방엔 바람 한 점도 허락 되지 않았다. 부채를 내둘러 머리를 말린다. 나영이 있는 방 여덟 명의 수감자 속에는 한 개밖에 배당 된 것이 없어 차례를 기다려야 했다. 나영은 그중 당연 꼴찌였다. 머리는 이미 감은 거나 안감은 거나 마찬가지가 되고 만 후에야 부채는 겨우 그녀의 차례가 되는 것이다.

한 쌍의 발바닥 크기 만 한 네모난 구멍이 열리는 것은 개밥처럼 밥그릇이 들어올 때와 면회자들이 넣어주는 갖가지 물품(오징어, 땅콩, 자두 맛 사탕, 내의, 수건 등)들이다. 출입문은 면회자가 있어 나가고 들어오는 시간과 자세를 점검한다며 갑자기 교도관이 문을 여는 순간뿐이다.

하루 중 대부분은 쪼그려 앉아 있어야 한다. 눕는 것은 감히 엄두도 낼 수가 없다. 그래서인지 수감 날짜가 오래 된 사람일수록 꼬리뼈 부근 엉덩이의 색깔은 오래 된 멍처럼 까맣게 되어 있었다.

원숭이의 엉덩이는 맨살이다. 땅에 오래 앉아 있어 닿는 부분의 털이 빠져 붉은 맨살이 보이는 것이다. 나영은 원숭이 엉덩이를 떠올렸다. 여기 있는 사람들도 색깔만 다를 뿐 원숭이 엉덩이가 아니던가.

*

손님에게 약속한 물건을 건네주기 위해 나영은 바삐 가고 있었다. 시간이 조금 늦은 감이 있어 서두르긴 했으나 신호가 바뀌자마자 출발한 것이 실수라면 실수였다. 갑자기 오토바이가 달려 올 줄은 전혀 예상치 못했던 일이었다.

　'꽈다당- 팡-.'

　하는 굉음과 함께 나영의 차는 두 바퀴를 돌고 중앙 분리대에 머리를 쑤셔 박으며 멈춰 섰다. 나영이 정신이 들었을 때는 병원 응급실이었다. 다행히 큰 부상은 없었지만 이마에 상처와 어깨뼈가 부서졌는지 욱신거렸다.

　"누나, 정신이 좀 들어?"

　옆에서 나영을 지켜보고 있었던지 무성의 걱정스런 목소리가 들렸다. 나영은 그때서야 정신을 차리고 사고 경위를 생각해냈다.

　"어떻게 된 거야?"

　음식 배달통을 실은 오토바이가 신호를 무시하고 달려들었고 사내아이 한명이 현장에서 즉사했다고 했다. 나영은 온 몸에 힘이 빠져 나가고 속이 메슥거렸다. 다 해진 보잘 것 없는 육신이 천길 낙수아래 서 있는 것처럼 싸늘하게 식어갔다. 모든 것이 꿈이기를 얼마나 간절히 바랬던가.

　간단한 응급 처치 후, 나영의 손에는 쇠고랑이 채워졌다.

그녀는 담 높은 교도소에 수감되었다. 몸은 만신창이가 된 것 같았다.

지옥 같은 교도소의 첫날밤이었다. 신고식을 하는 시간이라면서 거칠게 생긴 일곱 명의 여자들은 나영을 가운데 세워 놓았다. 안 그래도 아프고 지친 몸이었다. 사고 경위를 신고하라고 했다. 어디서 살았고 무엇을 했으며 가정사에서부터 꼬치꼬치 돌아가며 물었다. 그들은 재미 삼아 그러는지 모르나 나영은 무섭고 머릿속은 혼이 빠져 나간 것만 같았다. 그러나 사감선생님 앞에 기죽어 서 있는 착한 학생처럼 꼬박꼬박 대답을 해야만 했다.

"야, 그만들 해라. 자식들하고 먹고 살려고 바쁘게 살다 그랬구만, 누구처럼 간통도 아니고 사기 친 것도 아니고, 도둑질 한 것도 아니지 않은가."

"그래, 맞다. 너는 실수 때문에 그것도 돈으로 물어줄 힘이 없어 왔다는데 없는 것이 죄지."

"그래도 사람을 죽였구먼……."

"갑자기 뛰어드는 메뚜기를 어찌 막니?"

"재수가 더럽게 없는 거지 뭐."

뭐라고 하든 아무 말도 귀에 들어오지 않았다. 이미 피해자 가족들에게 당할 만큼 당하고 여기까지 왔다. 나름 억울하고 괴로워 미칠 지경에 이르고 있었다. 이곳은 일찍부터 불을 끄고 잠을 자야했다.

나영의 자리는 화장실 문 앞이었다. 그것도 칼잠을 자야한단다. 칼잠이란, 옆으로 누워 기상시간까지 꼼짝도 않고 자야 하는 것이다. 몸이 굳어가는 것처럼 마비가 오고 아파서 살며시 뒤척이다 옆에 누운 여자에게 발로 체이고 말았다. 잠이 올 리 없었다. 고개 들어 사람들 자는 것을 보니 왕 언니 자리는 양 옆으로 넉넉했다. 다른 사람들도 넉넉하진 않지만 불편해 보이는 잠자리는 아닌 성 싶었다. 신입이라고 일부러 괴롭히는 것이다.

그 날 이후로 나영은 면도칼로 긋듯 가슴에 생채기를 내며 지냈다. 밥은 아예 입에 대지도 않았다. 무릎을 바짝 붙여 올리고 깍지 낀 손에 힘을 주어 되도록 공벌레처럼 몸을 축소시키고 앉아 있었다. 누가 건들기라도 하면 단번에 뒹굴어버릴 기세이기도 했다. 신경은 온통 고슴도치처럼 날을 세우고 있었다.

어린것들이 걱정 되었다. 갑자기 말없이 사라진 엄마를 기다릴 아이들이 걱정되어서 가슴이 불덩어리다. 위장에서 구물거리던 신물이 목을 타고 기어 나오고 검붉은 소변줄기가 힘들게 흘러 나왔다. 변을 보지 못한지 이십 여일 만에 본 것은 숯덩이 같은 익숙하지 않은 조그만 이물질 하나, 내장의 진통을 짐작하게 했다.

언니들이 영양실조 걸려 죽는다면서 권하는 간식거리들도 쳐다보지 않았다. 물만 겨우 한 모금씩 넘기며 살았다. 한 달 쯤 되었을 때, 몸은 이미 속 빈 강정처럼 텅 비고 말았다. 언니들은 나영의 행동이 심각했는지 겁을 주기 시작했다.

"너, 이제부터 안 먹으면 교도관에게 일러서 독방으로 보낸다."

"그래, 독방으로 너 한번 가 볼래?"

"그곳으로 가면 너는 정말 말라 죽어 이것아."

다들 한마디씩 윽박지르기도 하고 달래기도 했다. 눈물이 하염없이 흘러 내렸다.

'그래, 살아 보자. 내 새끼들이 기다리지 않는가.'

세상 사람들 짧다고 하는 날들, 나영은 길기만 한 고통의 나날들이 지나가고 있었다. 천장엔 도마뱀이 많이도 붙어 있었다. 도마뱀들이 움직이는 것은 한 번도 본적이 없다. 한자리에서 꼼짝도 하지 않았다. 크기도 다양한 그것들을 보고 있으면 그나마 시간이 조금은 지나갔다. 천장에 매달린 조그만 창문은 매일 바라보고 있어도 하늘 한번 보여 주지 않았다.

빗소리가 들려왔다. 안 그래도 만지고 싶고, 속 까지 흠씬 젖어 보고 싶어 미칠 것 만 같은 가슴에 언니들이 불을 질러댔다.

"저 환장 할 빗소리가 사람 애간장 다 녹이네."

"그러게 말 이 우-."

둘째언니와 셋째 언니가 하늘도 안 보이는 쪽문에 시선을 두며 푸념 하듯 나누는 소리였다.

이곳에 들어온 사람들은 모두 사회에서 악행을 저지르고 밑바닥 인생을 사는 것으로 알았다. 그러나 알고 보니 다 그렇지만도 않았다. 왕 언니는 당신의 재산도 빼앗겼으며 억울한 누명까지 쓰고 칠년 동안을 재판 중이라고 했다. 하도 억울해서 육십이 넘은 나이에도 세상에 나가면 법 공부를 하고 싶다고 했다. 그래서인지 왕 언니는 안경을 끼고 판사님께 진정서나 탄원서를 쓰는 것이 하루 일과였다. 그러면서 하루 두 세 차례씩 나영을 불러 당신 옆에 앉혔다.

"막내야, 이것 한번 읽어 봐라."

나영이 탄원서의 내용을 읽고 있는 동안, 왕 언니는 당신의 억울함을 줄줄이 토하곤 했다.

"내가 나가면 그 년들 가만 두지 않아. 내 가정을 파괴시키고 오랜 세월 동안 나를 가두어 고생 시킨 그 대가를 꼭 치루게 하고 말거야."

그녀에게는 대학에 막 입학한 아들과 중학교에 다니고 있는 입양한 아들이 있었다. 이곳에 온 후로는 다행히 아이들의 이모가 돌보고 있었다. 아들들은 엄마의 도움 없이도 둘 다 반듯하게 자라 주었다. 가끔 면회도 다녀가곤 했다.

막 노동으로 시작하여 여자 혼자 몸으로 벽돌공장 사장까지 했던 언니 이야기의 서두는, 거금을 은행에 맡기게 되었다고 한다. 그 돈은 갑자기 행방불명이 되어 버렸고, 찾으려 하자 한밤중 골목길에서 괴한 두 명에게 폭행을 당하게 되었다. 그리고 은행에서는 오히려 억울한 누명까지 씌워 그녀를 죄인으로 만들었다.

다행히 다른데 모아둔 재산이 조금 남아 있어 칠년이란 기나긴 세월을 유지하며 재판을 이어 가고 있는 것이란다. 언니는 나영에게 이렇게 넌지시 속사정을 털어 놓았다.

엄마가 돌아 가셨다. 그것은 예기치 않은 사고였다. 광목천으로 덮어 놓은 엄마를 방 윗목으로 옮겨 놓았다. 그 자리에서 곧 바로 시어머니가 또 갑자기 천정에서 떨어진 쇠뭉치 같은 것에 맞아 돌아가셨다. 엄마와 똑 같이 광목으로 덮어 두 분을 나란히 눕혔다. 나영은 토하듯 울었다.

꿈이다. 오래전에 돌아가신 시어머니와 아직 살아 계시는 친정어머니가 똑 같이 나영이 보는 앞에서 돌아가신 것이다. 꿈이 너무 또렷해서 방안을 두리번거렸다. 시간이 몇 시 인지도 알 수가 없었다. 새벽이 가깝다고 느끼며 짐작만 할 뿐이었다.

"막내야, 꿈 꿨구나. 너 우는 소리에 잠을 깼다."

"언니, 내가 울었나요?"

"응, 하도 서럽게 울어서……."

셋째 언니의 눈시울도 젖어 있었다. 그녀는 겉으로는 쾌활하고 남성적인 성격이었다. 그러나 그녀도 사기를 당하고 이곳에 왔다고 했다. 혼자서 두 아이를 키우고 있었는데 직장 동료의 달콤한 고 금리 제안에 집을 장만 하려고 모은 전 재산을 맡겼다가 사기를 당했다. 그런데 사기 인 줄도 모르고 다른 동료에게 선의로 권장하였다가 함께 당하게 되었다. 그 동료는 셋째언니를 사기로 고발 하게 된 것이다. 본인의 통장으로 동료의 돈을 받아 사기꾼에게 입금 시킨 것이 사기죄에 적용 된 것이다. 수수료도 받지 않았다는 것이 확인 되었지만 재판에서 형이 떨어져 항소 중이었다.

나영은 꿈자리가 사납기도 하고 마음이 뒤숭숭 했다. 면회시간이 다가오면 모두들 신경을 곤두 세웠다.

꿈땜일까 아침 첫 면회 시간에 몸도 성치 않은 어머니 혼자서 오셨다. 나영을 보자마자 바닥에 주저앉아 통곡만 하셨다. 아무 말도 못하고 서로 울기만 하다 면회시간이 끝나고 말았다. 아무런 소식도 없이 허망한 하루가 지나갔다. 누군가 한명이 면회를 하고나면 그 후로는 아무도 볼 수 없기 때문이다. 하루는 너무 긴 시간이었다. 그 이후의 시간은 고문과도 같다.

*

　주소가 적힌 곳을 찾아 두리번거렸다. 간판도 없는 조그만 구멍가게 앞에서 발을 멈춰 섰다. 무성이 손님처럼 들어가도 주인은 알아채지 못한 것 같았다. 주인인 듯 여겨지는 젊은 여자와 남자가 조그만 탁자에 술병을 놓고 마주보고 앉아 이야기 중이었다.

　"야, 너 이번에 한 목 단단히 잡아야 된다. 알았지?"

　"알았어 오빠, 자기네들 우리가 달라는데로 안주면 누가 합의 해주나 보라지."

　"그러니까 감쪽같이 속여야 되 내가 석진이 아버지라고."

　"알았다니까 그러네. 내가 누구야."

　"그래, 내가 끝까지 밀어 붙일 테니까 나만 믿어봐. 그리고 반은 내꺼다. 알았지?"

　"알았어."

　무성이 그들이 하는 대화를 듣고 다시 살펴보니 '내 아들 살려 내라'며 나영의 멱살을 잡아 흔들던 그 남자였다. 무성은 못들은 척 그들 곁으로 다가섰다.

　"안녕하세요? 얼마 전에 교통사고를 당한 석진이네 집 맞습니까?"

　"네, 그런데 누구세요?"

"아, 자동차를 운전했던 가해자 가족입니다."

"뭐야, 남의 집 귀한 아들 죽여 놓고 합의 해달라고 왔구먼."

그 말이 채 끝나기도 전에 남자가 달려들더니 다짜고짜 무성의 멱살을 거머쥐었다.

"합의고 뭐고 없으니까 어서 꺼져 이 새끼야."

무성은 힘센 남자의 손에 떠밀려 뒤로 넘어졌다. 무조건 잘못했다고 사정했지만 두 사람은 합의는 어림없다면서 거친 욕설을 퍼부었다.

*

"40** 번, 면회."

햇살이 눈이 부시다. 정원의 나무들도 낯설다. 새장에 갇혀 있던 한 마리 새가 갑자기 문 밖에 나와 서성이는 것처럼 나영의 다리는 낯설었다. 온 몸이 나무토막 같았다. 다리 부러지고 날개도 잘라져버린 날을 수 없는 새가 되어버렸다.

면회실로 들어갔다. 많이 까칠해진 무성이 서 있었다. 그의 모습에서 무슨 일인가 어렵게 돌아가고 있음을 나영은 짐작할 수 있었다.

"누나, 힘들지만 조금만 더 기다려야겠다. 나도 백방으로 노력하고 있으니까 서운케 생각 말고, 밥도 먹고 맘 좀 가라앉히고 있어."

무성은 애써 누나를 위로하고 있었다.

"응 알았어, 나 팸에 동생이 애 쓰네 미안해."

"얼굴이 말이 아니구만."

"무성아, 우리 애들 좀 살펴줘 성현이와 가희 잘 있지?"

"그래, 걱정마 안식구가 자주 가보고 있어. 애들도 철이 많이 들었더라."

아이들 소식에 목이 막혔다. 눈물이 쏟아져 잘 가라는 인사도 없이 면회실을 나왔다. 바깥세상은 태양빛으로 환한데 눈물이 앞을 가려 아무것도 볼 수가 없었다. 방 귀퉁이에 쪼그려 앉아 흐느껴 우는 동안 누군가 그녀의 등을 토닥여 주고 있었다.

일주일에 하루 있는 십분 운동시간이다. 햇빛을 온 몸으로 받을 수 있는 유일한 시간이기도 하며, 파란 하늘을 보며 크게 숨을 쉴 수도 있는 시간이기도 했다. 나름대로 운동이라기보다는 그저 말없이 흐느적거리는 몸동작이 전부였다. 고개를 들어 하늘을 보자니 눈이 너무 부시고, 눈감으면 꿈같은 시간들이 가슴 아리게 밀려온다.

"나영아, 너 이리 잠깐만 와봐."

바로 위의 일곱째가 나영의 손을 잡아끌었다. 끌려 간

곳은 뒤뜰 조그만 채소밭이었다. 그곳은 징역 선고를 받은 수감자들의 작은 텃밭이다. 죄수들이 건들면 안 되는 것쯤은 나영도 이젠 알고 있었다.

"저기 배춧잎 다섯 장만 뜯어 와 어서 빨리빨리."

나영은 엉겁결에 텃밭으로 들어갔다. 손에 잡혀지는 대로 몇 잎인지 셀 경황도 없이 뜯어 윗옷으로 감추고 후다닥 그녀 곁으로 왔다. 몸이 후들후들 떨렸다. 그녀는 매가 먹이를 낚아 채듯 재빠르게 그것을 가져다 바지 속에 감추고 슬금슬금 사라졌다.

그녀는 간통죄였다. 같은 죄목으로 수감된 남자와도 누군가를 통해 서로 자주 소식을 주고받고 있었다. 나영 보다 한 살 위인 그녀는 뽀얀 피부에 얼굴이 조그만 하고 예쁘기도 했다.

채소가 필요 했던 것은 일주일 만에 특식으로 나오는 주먹만 한, 삶은 돼지 비개 때문이었다.

"영양실조 안 걸리려면 이거라도 먹어 둬야 하는 거란다."

"너도 어서 먹어두는 것이 좋아."

"그래, 지금 먹고 나면 또, 일주일 있어야 돼."

바깥세상에서라면 어떻게 이런 것을 먹을 수가 있었겠는가. 그것도 맨 바닥에 그나마 밥상으로 등장하는 것은 정갈하게 접어둔 신문지였다. 어디서 무얼 하다 여기까지 왔는지 진실은 아무도 모르는 가면 쓴 여자들, 그들은 매일 머리를 맞대고 짐승처럼 이렇게 밥을 먹었다.

*

하늘이 유난히도 파랗다. 나영은 큰언니 보다 앞서 합의금을 주고 출소 했었다. 팔년의 세월이 흐르고서야 출소하는 그녀의 심정도 저 하늘처럼 맑고 푸르렀으면 좋겠다. 파란 하늘과는 달리 칙칙한 물감을 뿌려 놓은 것 같은 높은 담 벽을 올려다보았다.

저 안에 살고 있는 사람들은 지금, 인생에서 가장 큰 위기와 싸우며 고통의 순간순간을 맞이하고 있을 것이다. 지치고 힘든 사람들, 저들은 누구에게라도 날마다 편지를 쓴다. 변호사에게 판사에게 또는 가족들에게 피맺힌 사연들을 가슴으로 쓰고 있다.

〈사랑하는 엄마에게〉

엄마 많이 보고 싶어요. 하지만 참을게요.
우리보다 엄마가 더 고생하니까요.
우리 걱정 하지 마시고 밥이랑 잘 먹고
건강하게 계시다 오세요.

성현이도 잘 있어요. 외숙모랑 이모가 가끔
오셔서 밥이랑 반찬이랑 해주고 가요.

-중략-

내가 엄마한테 가고 싶어도 가지는 못하지만
이 편지를 외삼촌이 엄마에게 전해드린다고 했어요.
아프지는 마세요. 엄마! 엄마! 엄마!
엄마 사랑해요. 엄마 안녕!

- 딸 가영 올림

나영은 아이들이 알고 있다는 것 때문에 더 큰 가슴앓
이를 해야 했다.

큰 언니의 편지는 언제나 한결같았다. 판사님과 변
호사였다.

'판사님…….'으로 시작하여,

'죄송합니다. 선처를 바랍니다. 안녕히 계십시오.'하고
끝맺음 하는 내용 이었다.

혼자서는 절대 오를 수 없는 절벽 위를 하루에도 수 십
번 아니, 수 백 번을 바라보며 기어오르다 끝도 없는 낭
떠러지로 떨어지기도 한다.

무거운 철문이 열리는 소리와 신경질적인 쇠 갉음 소리
를 내며 닫히는 소리가 들렸다. 낯익은 얼굴이었다. 그녀

는 자유인이 되었음에도 몇 걸음 떼지 못하고 그 자리에 돌처럼 서 있었다. 눈이 부신 듯 잠시 서서 손으로 해를 가리고 하늘을 올려다보았다. 나영은 조금 거리를 두고 서서 잠시 동안 그녀만의 시간을 방해 하지 않기로 했다.

왕 언니는 지금 건강도 많이 나빠진 상태이다. 얼굴빛은 어둠 속을 걸었고 가끔씩 각혈도 했다고 한다. 몸이 많이 야위어서인지 작은 키가 더 작아보였다.

한참을 가만히 서 있던 그녀가 나영을 발견하고 천천히 발걸음을 옮겼다. 그녀의 얼굴에는 아무런 표정도 그려져 있지 않았다.

"언니……."

우리는 아무런 말없이 서로 껴안았다. 멈추지 않는 눈물만 볼을 타고 흘러 내렸다.

*

아직 파란 잔디가 나오지 않은 푸석한 봉분 위로 바람이 지나갔다. 소소리 바람이다. 가지고 온 흰 국화 한 송이를 묘지 앞에 단정히 놓았다.

그녀가 우리들 곁을 떠난지도 벌써 두해가 훌쩍 지나갔다. 잠깐 동안 분홍빛으로 화색이 돌던 그녀의 마지막 얼굴이 떠올랐다.

"나영아, 내 아들을 너에게 맡겼으니 난 이제 편안히 눈을 감아도 되겠구나. 그동안 많이 고마웠다. 너를 만나게 해준 하나님께 감사 한다."

나영의 손을 꼬-옥 잡던 그녀의 입술이 가늘게 떨리고 있었다.

처음 의사의 사형선고 같은 병명을 들었을 때는 이미 짐작하였노라고 하면서도 두려움에 떨었던 그녀였다.

"언니, 저 왔어요."

언니는 빙긋이 웃어 주었다.

"그곳에도 봄이 오고 있나요? 지금은 아픈 곳 없이 편하신지요?"

"아이들은 잘 살고 있답니다. 곧 언니 손자도 태어나요."

"그러니? 얼마나 예쁠까 장하다 우리 새끼들, 네가 내 몫 까지 잘 챙겨 주거라."

"네, 언니 그럴께요. 이제 아들 걱정 마시고 좋은 곳으로 가세요."

이른 봄인데 보라색 제비꽃 하나가 빼꼼이 얼굴을 내밀고 있었다.

"꽃샘추위가 남았는데 너는 어쩌려고 벌써 나왔니?"

봄을 알리는 해맑은 꽃이었으나 바람에 나풀대는 것이 마치, 병마에 시달리던 그녀처럼 가련해 보였다. 제비꽃은 대답대신 생긋 웃어 주었다.

  그녀의 일생이 돌밭이었다가 돌무덤이 되었는가, 돌가
루가 씨앗처럼 뿌려져 별이 되었다. 별들은 우리들의 빈
틈을 메우고 수 천리 밖에서도 찾아 와 앉아 있다 가곤
한다.

*

  운동을 해야 한다고 아침부터 중얼거리던 옆집 김 군은,
페달을 대 여섯 번은 돌려야 바퀴가 한번 돌아가는 넋 빠
진 자전거를 타고 절거덕 소리를 내며 동네 골목길을 빠
져 나가고 있었다. 요즘 암내를 풍기는지 이상한 행동을
하고 있는 김군네 집 효비에게 관심을 보이고 있는 바우
가 나영은 못마땅했다. 묶인 바우의 목줄을 자꾸만 확인
하는 것도 그녀는 신경이 쓰였다. 효비는 바우를 만나
러 오지 못해 안달이다. 며칠 전 구멍 숭숭한 바우집 울
타리사이로 겨우 얼굴 한번 비비던 효비가 김 군에게 목
덜미를 잡혀 끌려갔었다.

  나영은 서둘러 X병원에 입원중인 보안관님의 병문안을
다녀와야 했다. 풀어 주지 못해 미안하다고 바우의 머리

를 정성도 없이 흔들 듯 쓰다듬어 주고, 자동차의 시동을
걸었다.

나이 들면서 요사이 부쩍 쇠약해지던 옆집 보안관님이
얼마 전 동네 이장을 사직하고 집안에만 있더니 어제는
응급차에 실려 나갔다. 담낭 제거수술을 받았다는데 그
것은 시작에 불과한 듯했다.

병원에서 조금 떨어진 골목길에 주차를 하고 약간 오르
막 진 비탈길을 천천히 걸었다. 응급실 앞에서 발을 멈추
었다. 백발노인의 베이지색 바바리코트 자락이 담벼락에
제 몸을 비벼대며 사나운 바람처럼 몸부림쳤다. 노신사
의 목에서는 오열하는 소리가 꺼-억, 꺼-억, 숨이 넘어
갈 것 같았다.

'저 노인의 가족 누군가 지금 힘들고 있구나!'

나영은 어떻게 해야 할지 잠시 망설였다. 수많은 그림
들이 그녀의 머릿속을 휘 젖고 지나가갔다.

내장을 한 줄금 훑고 어디론가 날아가 버리는 커피 향
처럼 세상에는 많은 일들이 왔다가 사라진다. 금방이라
도 소낙비가 쏟아져 내릴 것 같은 하늘은, 안 그래도 스
산한 그녀의 가슴을 답답하게 하게 했다.

*

우편물을 확인 하려고 우체통 문을 열었다. 깜짝 놀란 그녀는 눈을 의심하며 자세히 들여다보았다. 통 안을 반 절이나 차지하고 있는 것은 새 집이었다. 나영은 머리를 갸우뚱하며 얼른 문을 닫아 놓았다.

마당에는 연분홍 오얏 꽃이 흐드러졌다. 벌들은 무례하 게도 꽃 속에 머리를 쑤셔 박고 있었다.

주인의 허락도 없이 들어 앉아 있던 새집을 발견한지 삼일 후쯤 우체통 문을 조심스레 열어 보았다. 흰색에 연 밤색 실금이 살포시 그려져 있는 쪼끄만 새 알이 대여섯 개 들어 있는 듯 했다. 생명의 씨앗이다. 나영은 입가에 번지는 미소를 오랜만에 느껴 보았다. 그러다 어딘가에 서 지켜보고 있을 어미 새의 불안함이 느껴져 미안했다.

시골의 이른 아침 공기는 청명하다. 우아한 자태를 뽐 내던 흰 꽃 으아리는 어느 사이 지고, 꽃술이 또 다른 예 술을 창조하고 있었다. 나뭇잎들이 연녹색으로 여린 빛 을 띨 때면 가냘프기도 하고 사랑스럽기도 하다. 순서를 정해준 것도 아닌데 알아서 서열을 지키며 꽃들도 피어 난다. 마치 엄마 품에 안기는 재롱둥이들 같다. 이 아름 다움 속에서 나영은 가늘게 떨리는 심장소리와 맑은 혈 액의 흐름을 느낀다.

아직 어둠이 가시지 않은 동이 트기 전, 쪼로롱 쪼로롱 새벽새가 운다. 멀리 날아가지도 않는 그 새는 배가 고파

서가 아니다. 낮은 소리로 가늘고 애달프게 그리고, 멀리 울리도록 운다. 나영은 어머니가 몹시도 그리웠다.

*

학교에 보내 주리라는 희망으로 시험을 치른 것은 아니었다. 막상 합격을 하고 보니 일렁이는 가슴을 감출 길이 없었다. 그리고 간절했을 뿐이었다. 입학금을 내야 하는 마지막 날 아침부터 조바심으로 딸이 안절부절 하자 나가려는 아버지를 붙들고 어머니는 통 사정을 했다.

"큰딸인데 입학금이라도 좀 내줍시다. 그러면 지가 벌어서 다닌다고 안 헙니까?"

"없는 형편에 쓰잘때기 없는 가시내는 갈쳐 어따 쓰게?"

"그래도 남들은 지게 지고라도 자식은 갈친답디다. 허도 너무 허요."

그 말이 끝나기가 무섭게 유리로 된 담배재떨이가 순식간에 날아 왔다. 재떨이는 어머니의 얼굴에 명중 했다. 악– 하는 비명 소리와 함께 두 손으로 얼굴을 감싸며 어머니는 그 자리에서 쓰러졌다. 나영은 큰소리치며 아버지에게 항변하는 어머니를 보는 것도 놀라웠지만 아버지의 직접적인 폭력을 본 것은 처음이었다.

나영은 무서움에 더욱 어찌 할 바를 몰랐다. 아버지는 곧장 방문을 세차게 닫으며 나가 버렸다. 얼굴에 피범벅이 된 어머니는 일어나 물수건으로 흐르는 피를 닦아내고 상처에 빨간 머큐롬을 발랐다. 그 위에 하얀 반창코를 몇 겹 덧붙이더니 잠시 후 벽장문을 열고 무언가를 찾았다. 손수건으로 꼭꼭 동여 맨 조그만 물건을 어머니는 잽싸게 주머니에 넣었다. 그리고 작은 물주전자 하나를 손에 들더니

"나영아, 나 따라 오너라 어디 좀 가자."

하며, 딸의 손을 잡아끌었다. 나영은 엉겁결에 어머니를 따라 나섰다. 어디로 가는지는 몰랐다. 눈 밑의 상처가 꽤 깊었는지 반창코 밑으로 검붉은 피가 눈물처럼 흘러내렸다. 손에 쥔 수건으로 핏물을 쓱- 씻으며 걷는 어머니는 참으로 낯설었다. 나영은 엉거주춤한 걸음으로 어머니와 조금 거리를 두고 걸었다.

"어서 따라 와."

뒤를 돌아다보며 재촉 하는 목소리에도 나영은 겁에 질려 있었다. 화가 가득찬 그녀의 몸빼바지 가랑이에서는 소소리바람이 일었다.

빠른 걸음으로 집 뒷산을 오르던 어머니는 중턱쯤 가더니 잎이 다 떨어져 가시만 앙상한 맹감나무 덤불을 헤치고 작은 옆길로 들어섰다. 마른 잡초가 서걱서걱 소리를

냈다.

좁은 길을 따라 잠시 지나니 햇빛이 잘 드는 곳에 봉분이 낮은 묘지 하나가 보였다. 묘지 앞에 자리 잡고 앉은 어머니는 이리 앉으라며 손짓을 했다. 나영은 무서워 떨며 어머니에게서 조금 떨어져 쪼그려 앉았다. 빈 나뭇가지 사이로 아래 동네가 아슴하게 보였다.

"여자라도 못 배우면 나처럼 산다. 이런 세상 살아 뭐 하냐."

"……."

나영은 무어라 할 말을 잃었다. 땅이 꺼질듯 한숨을 내쉬던 어머니는 잠시 후 집에서 넣었던 작은 뭉치를 호주머니에서 꺼냈다.

"나영아, 이 약을 입에 털어 넣고 물마시면 모든 것은 끝이 난다. 나하고 같이 죽자. 다음 생에는 못난 어미 만나지 말고 부잣집에 태어나 부디 호강하며 살거라."

어머니는 수건으로 붉은 눈물을 닦아냈다. 어머니의 그러한 극단적인 모습은 처음이었다. 평소엔 다정하고 자상한 분이셨다. 아버지의 잦은 욕설에도 반항 한번 하는 것을 본 적이 없었다. 어디에서 그러한 용기가 생겼는지 알 수는 없으나 같이 죽자는 말에 말문이 막혔다.

손수건이 벗겨진 봉지 겉에는 빨간 색연필로 '쥐약'이라는 글씨가 써져 있었다. 나영은 사시나무처럼 몸을 부들부들 떨렸다. 그런 딸을 잠시 동안 말없이 바라보던 어머니는 안쓰러웠던지 꼬- 옥 껴안아 주었다. 그리고 짐승처럼 처절한 목울음을 울기 시작했다. 머리 위에는 붉은 구름이 카펫처럼 깔리기 시작했다.

"엄마, 나 학교 안 갈게요, 정말 괜찮아. 그깟 학교 안 가면 어때요."

어디선가 멧새의 목맨 울음소리까지 이른 봄 산바람타고 처량하게 퍼져 나가고 있었다. 어머니는 딸의 얼굴을 가슴에 안고 오래도록 흐느꼈다. 가까이에 아슬아슬 매달려 있던 나뭇잎 하나가 진저리치다 떨어지며 산 아래로 굴렀다. 실바람 속에서 밥 냄새가 났다.

서로의 아픔을 읽다
밤새 붉은 성이 되어버린 가슴
어디로 가는지도 모르는 길 앞에서
눈물은 별이 되었지
아~
어쩐지 익숙한 이 곳
주눅 든 내 어머니가 앉아 있던 자리…
소리 없이 사라진 시간 속
암울한 페이지에는 항상 어머니가 있다

불의 나라   165

그 이듬해, 어머니는 아버지 몰래 모아 둔 돈을 나영에게 쥐어주었다.

"나영아, 이 돈으로 아버지 몰래 학교 가거라."

환하게 웃어 주던 어머니 앞에서 나영은 한없이 울기만 했었다.

*

담배 한 갑과 막걸리 두 병을 사들고 아침 일찍 버스를 탔다. 버스는 시가지를 벗어나 꺾어진 산길을 지나고 짧은 터널 하나를 빠져 나왔다. 아침 햇살이 담뿍 쏟아지고 있는 공원묘지가 보였다. 나영은 근처에서 하차하여 늦가을 산바람 속으로 들어갔다.

작은 산 공원묘지는 천주교 신자들이 안치된 곳이다. 선산이 없어 급하게 세 평 남짓한 땅을 신청하여 지병으로 돌아가신 아버지를 모시게 되었다. 나영은 흙에 묻히던 날은 물론이려니와 십여 년이 넘도록 찾은 적이 없었다. 종일 걸릴지라도 마음이 풀리면 망자와 화해를 하든지 아니면 악을 쓰고 원망을 하던지 담판을 지을 참이었다.

지인을 만나러 가는 길이었다면 입가에는 엷은 미소와 발걸음은 새처럼 가벼웠을 것이다. 그리고 손에 든 막걸리도 그다지 무겁게 느껴지지 않았을 것이다.

후적후적 걸어가는 발걸음을 되돌리고 싶어질 때 어디선가 후-욱 마른 덤불 타는 냄새가 났다. 손에 든 막걸리가 갑자기 가벼워짐을 느꼈다. 어릴 적 들녘에서 보릿대 타는 냄새와 흡사했다. 잠시 서서 코를 들썩이며 그 향기에 젖어 보았다. 동무들과 들녘을 뛰어 놀며 메뚜기를 잡던 그 시절이 아련한 그리움으로 다가왔다. 잠시 행복했다.

무성이 자세히 약도까지 그려주며 일러 준 대로 입구에서 오른쪽 두 번째 낯선 길을 따라 올라갔다. 양 옆에는 묘지들이 꽉 들어차 있었다. 묘지 앞에 세워진 비문에는 제각각 생전에 불렀던 이름인 듯 새겨져 있었고 가끔은,

'000 아무개 여기 잠들다. 등……

망자를 기념할만한 글귀들이 새겨져 있기도 했다. 문득 누구에겐가 들었던 이야기가 생각났다.

노환으로 죽음을 맞이한 어느 노인이 있었다. 그의 아들은 아버지 비문에 무어라 새길까 고민하던 끝에 글을 잘 짓는 동네 어른을 찾아갔다. 그는 머리를 조아리며 찾아온 까닭을 얘기했다.

"우리 아버지 비문에 무어라 써야 할지 알려 주십시오."

하고 진정어린 부탁을 했다고 한다. 그 어른은

"자네 아버지는 생전에 어떻게 살다 가셨는가?"

하고 물었다. 아들은,

"평생을 누구에게 원한을 진다거나 신세진 일도 없이 한뉘 동안 잘 먹고 잘 살다 가셨습니다."

라고 말했다. 그랬더니 비문에 새길 문자를 〈食事, 食死〉라고 써 주었다. 〈잘 먹고 잘 살다가, 잘 먹고 잘 죽었다〉는 뜻이었다.

짐승은 죽어 가죽을 남기고 사람은 죽어 이름을 남긴다는 말이 있다. 후세에 큰 업적은 아니어도 그 사람이 기억될 좋은 일 하나쯤은 하고 산다면 얼마나 좋을까 하는 생각은 많은 이들이 하며 산다.

나영은 약간 비탈진 오르막을 숨차하며 올라갔다. 한참을 올라 끝에서 두 번째 줄, 세 번째 칸 앞에 섰다. 추석이 얼마 지나지 않아 깔끔하게 정돈은 되어 있었으나 잔디가 다문다문 죽어 흉해 보였다. 나영은 비문을 뚫어지게 바라보고 서 있다가 겨드랑이 사이를 지나 봉분을 스쳐 장난치며 지나는 산바람을 보았다. 그렇잖아도 심난한 마음을 더욱 들때리는 녀석들이었다.

한참을 그렇게 서 있다 나영은 담배 한 개비를 꺼내 물었다. 불을 붙여 깊숙이 들여 마신 연기를 허공에 날려 보았다. 누군가,

'육신을 거꾸로 매달아 뜨거운 피를 발끝으로 증발 시

켜 보라'

고 했었다. 후득후득 새처럼 날아오를 피 냄새는 담배
연기와 무엇이 다를까 잠시 생각해 보았다. 마치 승천 비
슷한 흉내라도 내려는지 담배연기가 원을 그리며 허
공으로 날았다. 나영은 심술이라도 난 듯 손으로 낚아
채어 봉분에 앉혔다.

"아버지 불효막심한 딸년 왔습니다."

막걸리 한잔 종이컵에 따라 비석 앞에 놓았다. 담배에
불이 꺼질라치면 다시 피워 놓기를 반복하며 생전에 못
했던 말들을 두서없이 끄집어냈다. 목에서는 부엉이
소리가 났다.

고운 빛을 잃고 늙어버린 억새가 어서 가라고 손사래를
치며 서둘렀다. 담배는 한 갑을 아버지가 다 태웠고, 막
걸리는 나영이 겨끔내기로 모두 마셨다. 그런데 아버지
와는 아직 한곳을 향해 나란히 서 보지도 못한 상태였다.

"아버지, 우리는 이승이든 저승에서든 만나서는 안 되
는 관계인가 봅니다. 아버지도 성깔 사나운 딸 만나지 않
았으면 좋았을 것 아니우."

먼 산그늘이 묘지를 덮어 내리고 찬 기운이 살 속으로
스며들었다. 아버지와의 전생의 연은 어디까지였을까 잠
시 추측해 보았다. 나영은 그와의 뒤엉킨 고리를 풀어보
고 싶었는데 결국 소득 없는 나들이가 되고 만 것 같다.

7. 어머니의 주검

 기분 탓인지 어깨가 무겁게 내려앉았다. 옆자리에 앉아 의자에 머리를 기대고 눈을 감고 있는 남자에게 잠시 시선을 주다가 유리창 밖을 바라보았다.

 방금 이륙한 비행기는, 눈덩이 같이 하얀 구름송이 위를 편안히 날고 있었다. 비행기가 각도를 바꾸었는지 갑자기 강렬한 햇빛이 남자의 얼굴로 쏟아져 들어 왔다. 나영은 깜짝 놀라 얼른 창문을 닫았다.

 남자가 몸을 꿈틀거렸다. 나영은 무신경한 사람처럼 얼른 의자에 머리를 대고 눈을 감아버렸다. 남자는 언뜻 보아서는 옷차림이나 헤어스타일이 사십 중반쯤 나이로 외모가 반듯하고 준수해 보였다.

기내는 벌써 커피 향기가 솔솔 풍기고, 긴장이 풀렸는지 사람들은 약간 어수선한 분위기를 만들었다. 나영은 시원한 맥주 한잔이 생각나서 눈을 떴다. 마침 여승무원이 가까이 와있었다.

"맥주 하나만 주실 수 있는지요."

나영은 캔 맥주와 땅콩 안주를 받아들었다. 옆에 앉은 남자도 기척을 하며 맥주 하나를 주문했다. 그런데 곧바로 캔 마개를 따기가 멋쩍어서 나영은 잠시 그대로 두기로 하고 창문을 열었다.

"저- 제 잔 받으시겠습니까?"

남자가 캔 맥주와 잔을 들고 나영에게 하는 말이었다.

"아-네, 저도 받았는데요."

나영이 깜짝 놀라 말을 더듬듯 어쩔 줄 몰라 하자 남자는 한 번 더 권하며 미소를 지었다. 나영은 잔을 받아 목마른 사람처럼 단숨에 들이켰다. 그리고 땅콩 봉지를 뜯었다.

"저도 한잔 주십시오."

남자는 컵을 들고 맥주를 나영에게 내밀었다. 나영은 그렇게 생면부지의 남자와 맥주를 마셨다. 왠지 싫지 않았다. 그렇지만 어색한 것은 없지 않아 줄곧 창 쪽만 바라보았다.

"여행을 가시나 봅니다."

어색한 분위기를 없애려는지 남자가 먼저 물었다. 나영은 여행이란 말이 익숙지가 않아 잠시 동안 '뭐라고 답해야 되나'하고, 고민에 빠졌다. 남편의 바람피우는 현장을 잡으러 간다고는 할 수 없으니 적당히 둘러대야 할 판이다.

"네, 여행일 수도 있지요. 여동생이 제주도에 살고 있어 다니러 가는 길이에요."

"아, 그러시군요. 저는 사업상 현장검증을 가는 중입니다."

남자는 이렇게 말하며 처음으로 나영을 정면으로 바라보았다. '몇 살쯤 되었을까? 혼자인걸 보면 남편이 없는 것은 아닐까?'이런 식의로 그만의 추측을 하고 있는 것은 아닌지, 나영은 그녀 나름 데로 상상의 나래를 펴고 있었다. 그러다 저도 모르게 피식 웃음이 나왔다.

"왜 웃으십니까?"

남자의 물음에 나영은 속마음을 들키기라도 한 듯 움찔했다.

"동생이 깜짝 놀랄 만한 선물을 가져가거든요. 그것을 생각 하다가 나도 모르게 웃음이 나왔어요."

나영은 순간 거짓말로 둘러 대려니 진땀이 흘렀다. 가슴도 두근거렸다. 자신의 속내를 훤히 들여다보는 것 같았다. 왜 이 남자 앞에서 가슴이 두근대는지 머릿속이

혼란 속으로 빠져 들었다. 외간 남자와 같이 술을 마시고, 아무렇지도 않게 대화를 주고받다니 이게 얼마만인가……. 나영은 결혼 후 한 번도 경험하지 못한 일이었다.

남자는 꽤나 자상했다. 땅콩 포장지를 뜯어 그녀 앞에 놓아 주고, 냅킨도 정갈하게 접어 잔 옆에 놓았다. 살짝 미소 짓는 그의 얼굴은 어느 사이에 나영의 마음을 녹아들게 하기에 충분했다. 희수에게서는 느껴보지 못했던 야릇한 감정이었다. 되 집어 생각해보니 희수와는 서로 눈을 마주보며 웃어 본 일도 없었던 것 같다. 어쩌면 싸우는데 에너지를 쏟았다고 봐야 했다.

남자는 제주에 대한 좋은 점을 자상하게 이야기해 주었다. 성격은 부드러우면서도 남자답고 호탕하게 보였다. 나영은 이런 생각에 빠져 있는 자신에게 놀라며 얼굴이 달아오름을 느꼈다. 되도록 파란 하늘만 보이는 창 너머로 시선을 주었다.

남편 희수와 비교가 되어졌다. 희수는 친구회사에서 일을 했는데 제주지사 책임자로 발령 받았다. 처음에 서 너 번은 주말마다 집으로 오곤 했는데 차츰 두주가 되고 한 달이 되어졌다.

그는 회사 직원들이 반찬도 넉넉히 가져다주어서 불편이 없다고 말했다. 처음 얼마간은 그 말을 믿었다. 그러나 그 거짓말은 오래 가지 못했다. 같은 동료의 부인이

넌지시 나영에게 알고 있냐면서 다른 여자가 생긴 것 같다고 말했다. 그러나 그 때문만도 아니었다. 여자의 직감이라는 것이 있었다.

희수는 결혼 전 동네 아가씨와 열애 중이기도 했었다. 우연한 기회에 친구에게 나영을 소개 받게 되었고 그것을 알게 된 동네아가씨는 희수와 말다툼 끝에 농약을 먹고 자살을 시도를 했으나 미수로 끝났다고 했다.

문제는 그 아가씨가 희수의 아이를 잉태하고 있었다는 것이다. 물론 자살 소동은 연극이었다. 희수의 어머니는 그 아가씨를 마음에 들어 했다. 그러나 희수는 어머니의 말을 듣지 않았다.

나영은 아기 둘을 잃고 또 배가 불러 오기 시작하자 도시로 분가하여 시댁을 떠났다. 희수가 점점 가정을 소홀히 하자 나영은 동네에서 조그만 구멍가게를 하며 친정어머니와 함께 살았다.

나영은 얼마 전까지도 희수가 자신의 남자라고 생각했었다. 언젠가는 시어머니의 여자와 정리해줄 것이라 믿었다. 그런데 희수는 나영의 그 믿음을 산산이 깨부수고 말았다. 시어머니가 돌아가신 후에도 여전히 나영 몰래 그 여자의 집을 드나들고 있었던 것이다. 결국 나영의 결혼 생활은 금이 가기 시작했다. 아이도 양쪽에 둘씩 생겨났다. 그쪽에서 난 아이들은, 결혼 후 사별해서 혼자 살고 있는 희수의 형 자식으로 입적하게 되었다.

그런데 제주에 가면서 더 큰 변화가 오기 시작한 것이다. 아니, 나영이 그동안 희수의 계략에 속고 있었는지도 몰랐다. 매달 주던 생활비도 절반으로 줄었다. 나영이 아이들 둘을 키우며 살기에는 턱 없이 부족한 생활비였다.

시어머니의 며느리가 제주로 내려가 함께 살고 있다는 소리를 친구에게 전해 듣고 나영은 직접 확인하러 가는 중이다. 아니, 삶의 행로를 확실하게 매듭짓고 결정해야 할 시기가 온 것 같았다. 나영이 두 아이들과 생계를 책임지고 살아야 할지도 모를 일이었다.

"여동생은 제주로 시집갔나요?"

"아, 네- 시집갔어요."

잠시 희수의 생각에 화가 나 있던 나영은 남자의 물음에 화들짝 놀란 목소리로 건성 대답을 했다. 남자는 놀란 나영의 얼굴을 보며 미안한 듯 빙긋이 웃어 주었다. 오랜 만에 들른다는 나영의 말에 남자는 좋은 곳이라며 몇 군데 가볼만한 곳을 친절하게 알려 주었다. 남자는 자기 고향인양 자주 놀러 오라고 오랜 친구처럼 이야기 했다.

잠시 후 착륙한다는 기내 방송이 들렸다.

"동생이 마중 나왔겠군요?"

왠지 헤어지기가 아쉬운 사람처럼, 덕분에 즐겁게 왔다는 말끝에 남자가 물었다. 나영은 혹, 같은 방향이면 어

쩌나 하는 마음에 얼른,

"네. 그럴거예요. 저는 제주가 낯설거든요."

하고 짧게 대답했다. 나영은 사람들의 줄 속에 남자의 바로 앞에 서게 되었다. 바로 뒤에 바짝 붙어 서서 천천히 움직이는 하찮은 부대낌에도 나영은 신경이 쓰였다. 그의 옷자락이나 숨결이 느껴질 때, 한 번도 경험한 적이 없던 가슴 두근거림을 느꼈기 때문이기도 했다. 감미롭고, 헤어지기 싫은 안타까움 같은 것, 야릇한 감정이 나영의 몸을 오래도록 휘감았다.

갑자기 뒤가 허전 했다. 그의 발길이 감지되지 않았다. 나영은 뒤를 돌아보려다 그만두었다. 인파 속에서 뒤처지지 않으려고 열심히 앞만 보고 걸었다. 공항 대합실은 사람의 감정 따위는 관심 밖이라는 듯, 두 사람을 대기에 녹여 버렸다.

잠시 동안 터무니없는 기대나 가슴 설레었던 낯선 경험들, 이 얼마나 부질없는 일인가. 풍경처럼 스치고 바람처럼 지나가는 것들이라고 나영은 자신을 질책하듯 중얼거리며 택시 정류장을 향해 천천히 걸어갔다.

제주는 흐린 날씨가 많다고 들어 알고 있었다. 구름 낀 하늘이 왠지 비가 올 것 같았다. 나영은 택시를 타려고 정류장에 막상 서 있다 보니 만감이 교차했다. 희수는 갑자기 나타난 나영을 보고 무어라 말 할 것인지, 그녀 또한 그 여자와 같이 있는 희수를 보면 자신은 또, 얼마나 초라하고 비참해질지 잠시 상상을 해 보았다.

요즘은 한 달에 한번정도 들르는 집인데도 희수는 전 같지가 않았다. '노조 놈들 때문에 머리가 아프다.'면서 나영을 멀리했다. 아이들에게 조차도 무관심했고, 갈아 입을 옷가지만 챙겨 훌쩍 가버리곤 했다. 제주에 처음 갔을 때는 전화도 종종 했었다.

"여보, 당신과 떨어져 있으니 더 보고 싶다. 밥도 맨 날 사 먹는 것 질리고, 해먹자니 어설프고, 당신이 해주는 밥이 제일 맛있어."

나영은 그가, 헛말일지라도 그런 말을 할 때가 좋았었다. 물론 양쪽을 드나들며 아이를 낳게 한 것은 괘씸하기 짝이 없으나 자기인들 어쩌겠는가. 그 부분은 나영이 마음을 비운지 오래였다. 그런데 이젠 정말 헤어져야 할 때가 온 것 같았다.

차라리 보지 않는 것이 좋겠다는 생각이 들자 나영은 마음을 바꾸었다. 이상했다. 출발 할 때만 해도 무슨 결판을 내려 했던 마음이 막상 희수가 있는 곳에 가까이 오자 모두 물거품처럼 사라져 버렸다. 그들과 마주칠 자신도 없어졌다. 굳이 서로 얼굴을 보며 붉힐 필요가 없을 것 같았다.

어차피 운명은 정해진 것이다. 희수의 마음이 그 여자에게로 갔다면 돌이킬 수는 없는 것이다. 나영은 택시를 타고 가까운 바다 쪽으로 가자고 해놓고 희수에게 전화를 할까 망설였다.

'그래도 여기까지 왔는데 나오라고 하면 와 주지 않을까? 아니면 무슨 변명을 할지 몰라.'

나영은 토요일이라서 둘이 외출이라도 했을 것이라는 생각이 들자 그만 두었다. 벌써 이곳에 온 것을 후회하고 있었다.

나영은 친정어머니 환갑 선물로 동생과 셋이서 이곳으로 여행을 왔다. 그 뒤 친정어머니는 거동이 불편해지기 시작해서 사실상 딸들과 마지막 여행이 되고 말았다.

나영은 하룻밤 호텔에서 묵고 다음날, 비행기 좌석이 늦게 있어 저녁 무렵이 되어서야 광주에 도착했다. 삼일은 걸릴 것이라고 문여사에게 아이들을 맡기고 떠났었다. 그런데 겨우 하룻밤 자고 이튿날 돌아오고 말았다.

"가자마자 박서방이랑 싸웠니? 그 여자랑 정말 거기서도 살림까지 차렸데?"

나영이 굳은 얼굴로 나타나자 문여사가 정색하며 물어왔다. 나영은 피곤하다는 핑계로 자리에 누워 버렸다. 아무 말도 하고 싶지 않았다. 어머니는 그런 딸의 표정을 읽었는지 더는 묻지 않았다. 오늘따라 희수의 빈자리가 더욱 크게 느껴졌다.

'나는 지금 어디에 서 있는가? 나는 누구인가?'

허울 좋은 k산업의 이사부인도 아니다. 박희수의 아내라는 명함은 남편이 버리면 언제든 버려지는 종이쪽지 같은 것이다. 나영은 어지러웠다. 머리가 깨질듯 아팠다.

"할머니, 엄마 오셨어요?"

"응, 어떻게 알았니?"

"엄마 신발 보고 알았어요."

성현이가 학교에서 돌아 온 모양이다. 일어나야 하는데 몸이 말을 듣지 않았다.

"엄마, 일찍 오셨네요. 아빠는 잘 계세요?"

"응, 아들 왔니? 아빠는 잘 계셔. 너희들 걱정 되서 빨리 왔지."

아들에게는 엄마의 어두운 표정을 보이고 싶지 않아 애써 웃어 주었다. 아들은 엄마 피곤해 보인다면서 쉬라고 말하고 방문을 닫았다. 아이들도 다 알고 있는 일이다. 아빠의 두 집 살림……

머리가 더 아파 왔다. 진통제라도 먹어야 할 것 같았다. 그런데 일어나 먹는 것도 귀찮았다.

"저녁 해 놨으니까 먹고 자거라."

"괜찮아요 엄마, 수고 많으셨어요. 저 좀 쉴게요."

문여사는 문을 닫고 나가셨다. 아들이 밥 먹으며 할

머니와 대화 하는 소리, 가게 문이 닫히는 소리, 어머니가 방으로 들어가는 소리 아련히 들으면서 나영은 호주의 '제놀란 석회암동굴' 속을 가듯, 천천히 수면 속으로 빨려 들었다.

침대 위로 허옇게 동이 터오고, 아들이 거실을 왔다 갔다 하는 소리와 이어 가희가 동생에게 무어라 말하는 소리도 들렸다. 가게 문을 열고 닫는 것은 언제나 아들 몫이었다. 그 일은 한 달에 용돈을 조금 더 받기로 하고 할머니와 손자가 정한 것이었다. 일어나려 하니 몸이 천근 같았다.

"너희들 일어났구나."

나영은 아무렇지도 않게 아이들과 이야기 하고, 일상의 시간들은 바쁘게 지나갔다. 아이들은 또, 썰물처럼 집을 빠져 나갔다. 욕조에 가득 받아 놓은 더운 물에 몸을 담갔다. 다시 희수와 그 여자 생각이 머릿속을 채웠다. 나영은 생각을 지우려고 후다닥 샤워를 마치자 거울 앞에 앉았다. 희수는 거울 속에서 나영을 비웃고 있었다. 나영은 도리질을 치고 눈을 비벼댔다. 그래도 보였다.

'나쁜 남자, 파렴치한, 더러운 사람.'

새록새록 욕이 목까지 치밀었다. 거울은 다시 초라하고 늙어 보이는 나영의 얼굴로 바꿔 놓았다. 창백하고 어두운 표정의 여자가 보였다. 그녀는 왈칵 눈물이 쏟아졌다.

두 손으로 얼굴을 가리고 엉엉! 소리 나게 울었다. 인정하고 싶지 않았다. 모든 것이 현실임을……

나영은 제주도에 다녀 온 후 줄곧 앓아누웠다. 감기도 아닌데 온 몸이 쑤셨다. 밥도 먹기 싫고 당연히 기운도 없었다. 잠을 자다가도 몇 번씩 깨어 깊은 잠에 들지도 못했다.

구멍가게 작은 슈퍼는 문여사가 재미 삼아 하는 곳이다.

그에 딸린 방 하나를 당신 놀이터 삼아 쓰시는데 동네 당신 또래의 할머니들이 곧잘 모이곤 한다. 그녀들은 동네 소식통이며 어릴 때 경험 했던 일 등, 가득 담긴 이야기 주머니를 차고 다닌다. 어머니는 그녀들에게 라면도 끓여주고 과자도 내 준다. 그들은 이야기 속에서 하루가 지루한 줄도 모르고 지나간다.

오랜만에 자리를 털고 일어났다. 바깥 날씨도 제법 좋은가보다. 창으로 들어오는 햇살이 맑아 보였다. 오늘은 여고 동창 모임에 꼭 나가기로 옥희와 약속한 날이다. 거울 앞에 앉았다. 부스스한 얼굴에 파마가 풀린 머리는 감았어도 지저분해 보였다. 나영은 대충 손으로 빗어 질끈 하나로 묶었다. 얼굴은 되도록 연하게 화장을 하고 립스틱을 발랐다. 오늘은 주황색이 어울리지 않았다. 연한 분홍색으로 다시 바꿨다. 그런대로 봐줄만 했다.

바깥 날씨는 후덥지근했다. 삼복더위가 가까워진 모양

이다. 햇살도 눈이 부셨다. 벌떼식당은 아파트 지하상가에 있었다. 아줌마들의 웃음소리는 계단 위까지 올라와 벌떼처럼 날아 다녔다. 나영은 식당 문을 열고 들어갔다. 옥희가 기다렸다는 듯이 손을 흔들었다. 그러지 않았으면 꽉 찬 사람들을 쏘아보며 멍청한 듯 서 있어야 했을 것이다.

"너 얼굴이 부었니? 왜 그 모양이야?"

옥희는 나영을 아래위로 훑어보며 툭- 던지듯 한마디 했다. 나영은 그 말에 대꾸도 하지 않았다. 다른 친구들은 모처럼 만나 수다를 떠는 중이니 눈인사 정도로 끝내고, 심드렁한 표정으로 옥희가 맡아 놓은 옆자리에 앉았다.

나영은 오랜만에 이집만의 별식인 팥죽 한 종지부터 후루룩 먹어 치웠다. 달달한 것이 기분을 좋게 하는 마력이 있었다. 펄펄 끓는 동태찌개는 시끌벅적한 사람들의 말소리가 섞이고, 시장 속 같은 사람들의 냄새도 섞여 더 맛이 좋았다. 더위에도 왜 사람들은 뜨거운 음식을 먹으며 시원하다고 하는지 나영은 알 것 같았다.

식사가 끝나고 참새 떼 같은 조잘거림도 한풀 꺾였다. 여자들은 우르르 나와 신발을 신고 또, 어디론가 각기 새처럼 날아갔다. 옥희는 차 한 잔 하자면서 근처 커피숍으로 나영을 끌고 갔다.

"얘, 너 요즘 무슨 일 있는 거지?"

제 눈은 못 속인다면서 희수씨는 제주에서 잘 지내고 있느냐고 미끼를 던졌다.

"그냥 그래."

풀 끼 없이 대답하는 나영의 말이 끝나기가 무섭게

"요즘 남자들 집 떠나면 남 된다."

옥희는 경고처럼 말했다. 나영은 안 그래도 심기가 불편한데 불을 지피는 것 아 반 신경질적으로,

"네 남편이나 잘 지켜라, 우리 일은 신경 끄고."

나영은 안 그래도 심기가 불편한데 불을 지피는 것 같아 반 신경질적인 말투가 튀어 나왔으나, 입 꼬리에는 억지로 익살스런 미소를 붙였다.

그럼에도 옥희의 눈빛이 갑자기 빛이 났다.

"나영아, 우리 홧김에 서방질 한번 할까?"

그녀의 말에 나영은 턱도 없는 일이라며 싱겁게 웃어버렸다. 옥희는 말 나온 김에 매듭을 져야 한다면서 나영에게 더 바싹 다가앉았다.

"애, 네 남편 그 인간 언제 그년에게 날아갈지 누가 아니? 아니지, 이미 날아 간 거네."

옥희는 정신 차리라면서 곧바로 무슨 사건이라도 저지를 사람처럼, 쌍꺼풀진 동그란 눈을 위 아래로 굴리더니 나영의 안색을 살폈다. 풀 끼 없이 먼 산 보듯 앉아있는 그녀를 바라보다 잠시 후, 미안한 듯 살포시 떨어져 앉았다.

나영이 제주에 다녀 온지 석 달이 지났다. 그동안 희수는 옷가지를 챙기러 두번 다녀갔을 뿐이다. 나영은 새삼스레 가게 일에 열중했다. 청소도 하고 새로운 물건도 몽땅 주문했다. 어쩌면 앞으로 생계를 책임 져야할 구멍가게일지도 모른다는 생각에 픽-, 웃음이 나왔다.

　나영이 옥희를 따라 간 곳은 점집이었다. 나영은 어릴적 외가댁일이 생각나 무당이나 점집 등 미신 같은 것은 생각하기도 싫었었다. 옥희는 나영을 만날 때마다 용한 점쟁이라며 입에 침이 마르도록 칭찬을 했다. 못 이긴 척 옥희를 따라 나선 나영의 속셈은 은근히 희수와의 인연은 어디까지 인지 물어 보고 싶어서였다.
　"만나지　말았어야 할 사람을 만났구먼."
　중년쯤 되어 보이는 무속인 여인은 사주를 물어 볼 것도 없이 나영을 위 아래로 눈을 굴리며 속이라도 들여다 본 듯이 대뜸 하는 말이었다.
　"죽을 고비를 여러 번 넘겼구나, 몸이 많이 아팠을 것인데 죽을 고비가 크게 또 한 번 남았다. 이번에는 그 고비를 무사히 넘기게 될지…… 쯧쯧쯧."
　무속인 여인은 혀를 계속 끌끌 거렸다. 나영은 이미 죽을 고비를 여러 번 넘기며 살아 왔다. 그런데 또 있다니 어처구니가 없었다. 또 조상 중에 객사귀신이 있으니 천도재를 지내줘야 한다고 은근히 겁을 주었다.

*

"나영아~~."

문여사는 나영을 불러 옆에 앉혔다. 새삼스런 어머니의 행동에 나영은 의아해 하며, 어머니를 바라보았다.

"내가 다리가 아파서 거동이 불편하구나. 무성이네 집으로 거처를 옮기고 싶다."

나영은 잿더미처럼 주저앉는 가슴에 통증을 느꼈다. 언제부터인가 어머니의 건강이 걱정 되었던 것은 사실이었다.

'우리 엄마는 아직은 건강해.'

그렇게 생각을 키운 것은 그녀가 그렇게 믿고 싶었던 것인지도 모른다. 어머니는 어지간해서는 아프다는 말을 꺼내는 성격이 아니다. 어머니의 무릎 통증은 급진전을 했다. 인공 연골을 삽입하는 수술을 하고부터는 거동이 불편해서인지 자꾸만 이상한 행동도 하셨다. 병원 진단은 '치매'와 머릿속에 있는 알 수 없는 종기였다.

"누나, 어머니는 당분간 내가 모실께."

정 힘들게 되면 그때 누나들한테 상의 하겠다며 무성이는 어머니를 모시고 갔다.

나영은 무성이가 아들이니 그렇게 하도록 뒤에서 돕겠

노라고 했다. 무성이는 생각보다 야무진 데가 있었다. 그리고 어머니에게는 둘도 없는 효자이다. 그러나 석 달을 못 넘기고 어머니는 요양병원으로 모셔졌다. 나영은 곧바로 요양사 수련을 받아 어머니가 계신 병원으로 들어갔다.

갑자기 소란스런 소리가 들렸다. 나영이 달려갔다. 그녀가 잠시 병동을 비운사이 또 싸움이 일어난 것이다. 나영은,

"왜, 또 싸우냐~고~요~오?"

하고 어린애 나무라듯 하니, 서로 자기가 맞았다고 야단이었다.

"뭐, 이년아! 내가 언제 너를 때렸냐?"

"아까, 내 얼굴을 때렸잖아."

"네가 먼저 고양이처럼 달려들어 내 얼굴을 피나게 했잖아."

맞았다고 삿대질까지 해가며 문성례 할머니는 얼굴에 화열을 올리기 시작했다. 나영은,

"또, 시작이군."

하며 판사자리에 앉았다. 늘 상 일어나는 일이므로 나영이 정해놓은 의자였다.

"자, 지금부터 재판을 시작 합니다. 문 여사부터 왜 싸우게 되었는지 말씀 하세요."

그 말이 떨어지기가 무섭게 문성례 할머니의 폭언이 시작 되었다.

"저 년이 내 얼굴을 긁어서 피가 났어요."

그리고 언제나처럼 성 할머니는 문 할머니의 화살받이가 되었다.

"성 여사는 왜 문 여사의 얼굴을 긁었는가?"

"나는 안 그랬어요. 과자를 달래서 뺏길까봐 얼른 먹었어요. 근데 저년이 괜히 포악질 이야요."

"야 이년아, 너 울엄마한테 일러서 혼 낼 거야. 네 년이 나를 할퀴고 때렸잖아 생선처럼 팍 썩을 년아 ~~."

문성례 할머니의 일방적인 포악은 끝이 없었다. 방 한쪽에 놓인 변기로 가서 바지를 내리고 앉으면서도 벌겋게 얼굴이 달아오르도록 악을 썼다. 판사의 판결은 언제나처럼 별다른 효과가 없었다.

변기와 방바닥을 수없이 오르내리던 문 여사는 단 한 번도 화장지를 뜯어 닦거나 변기의 오줌을 내리지는 않았다. 그리고 입을 쉬지도 않는다. 날마다 의례히 하는 치매 증상의 버릇 중 하나였다. 그 난동은 밥이 들어와서야 끝이 난다.

나영이 병원 문을 막 나설 때였다. 늙수레한 남자가 그녀 곁으로 슬리퍼를 끌며 화급하게 뛰어 왔다.

"여보, 어디가. 나 밥 줘야지."

"응, 당신 맛있는 밥 해주려고 시장 보러 가. 다녀올게 집 잘 지키고 있어 여보."

"응, 그럼 잘 갔다 와. 맛있는 것 마아니 사가지고 와야 해."

이곳 환자 중 남자들은 거의가 나영이 자기들의 여보인 줄 안다. 살갑게 해주기 때문이라 여기며 피식 혼자 웃어 본다.

날씨가 좀처럼 풀리지 않아 길가에는 열흘 전에 내린 눈이 석고를 부어 놓은 듯이 굳어 있었다. 버스를 타려고 서 있었다. 오늘따라 한참을 기다려도 버스는 오지 않았다. 또 다시 눈발이 날리기 시작했다. 나영은 눈을 맞으며 걸어 보고 싶었다. 김이 모락모락 오르는 호빵도 생각났다.

눈길을 걸으며 장갑 낀 손도 시려 호호 불었던 어느 겨울밤, 친구 진호는 호빵을 사주었다.

"호빵 먹고 나중에 호빵 같은 사람한테 시집 가거라."

진호는 나영을 무척 좋아 했었다. 그러나 그는 나영을 얽어매려 들지 않았었다. 군 입대를 얼마 앞두고 세상사 모를 일이라며 '좋은 남자 만나면 시집가서 행복하게 살아라.' 했다. 그러나 그 말 속에는 많은 아픔이 농축되어 있었다. 그늘진 인도는 아직도 얼어붙어 반질거렸다.

*

"문 여사님, 간밤엔 잘 주무셨나요?"

나영은 해맑게 웃으며 물수건으로 노인의 얼굴을 닦아 주었다. 요즘 들어 더 헬쑥해진 것 같아 안쓰러운 마음이 들었다.

"판사님, 어제 밤엔 저 년이 내 아들을 훔쳐 갈라고 해서 밤새 한잠도 못 잤어."

문성례 할머니는 항상 안고 다니는 낡은 베개 하나를 이불속에 쑤셔 넣고 토닥거렸다. 그녀의 생각 속에는 오래 전, 어린 아들을 잃었던 그 때로 멈춰 있는 것 같았다. 그 깊은 강은 오래도록 바람을 껴안고 있는 것이다. 오랜 세월을 치매로 병원생활을 하고 있는 어머니…….

나영은 언제 부터인지 허리가 아프기 시작했다.

오래 서 있을 수가 없게 되자 할 수 없이 어머니 때문에 일하게 된 병원을 그만 두어야 했다. 어머니를 돌보지 못하게 되어 한없이 죄송함에 나영은 가슴이 아려 온다.

바람이 분다. 풀잎이 흔들리는 것을 보면 바람의 힘과 가는 길을 알 수 있다. 나영은 처음 가는 곳, 어딘가로 바람을 따라 갔다. 바쁠 것도 또 좇길 것도 없다.

어머니가 운명을 달리 하셨다는 동생의 전화를 받은 것은 새벽 2시쯤 이었다. 나영은 신발을 신고 현관문을 열려다 말고 가희가 자고 있는 방문을 열었다.

"딸~~, 엄마 할머니계신 병원에 다니러 나간다."

가희는 건성으로 말하는 나영의 말에 눈을 비비며 이불을 제치고 일어나 앉았다.

"엄마, 외할머니 돌아 가셨어?"

"응, 어떻게 알았어?"

나영은 깜짝 놀랐다.

"엄마, 할머니가 하늘에 떠서 〈가희야, 이모와 삼촌들은 다 있는데 네 엄마만 없구나.〉 이렇게 말씀하시고 방금 가셨어."

나영은 소름이 돋았다. '어머니가 다녀가신 것일까?' 사실 오늘 밤을 넘기지 못 할 거라며 동생들은 인공호흡기에 생명 줄을 의지하신 어머니 곁을 지키고 있었다.

나영은 차마 못 보겠다며 어찌 할 바를 몰라 하자 동생들이 집에 가서 잠시 눈을 붙이고 오라고 했다. 나영은 집에 와 있었으나 잠은 올 리 없었다. 어머니의 시신은 집과 가까운 장례식장으로 옮겨졌다.

나영은 물이 말라 뽀송뽀송한 자갈을 밟고 산 계곡을 따라 걸어갔다. 햇볕에 달궈진 자갈길은 너무 길었다. 등에 맨 배낭 속에는 쌀 한 종지와 불을 켤 양초 두 자루, 막걸리 두병과 곶감 대추가 각각 한줌씩 들어있다. 그리 많은 것은 아니나 나영은 힘에 겨웠다. 길은 차츰 깊고 오르막이었다. 얼마쯤 걸었을까 앞서 걷고 있던 노부부가 뒤돌아 나영의 힘들어 하는 모습을 보며 발을 맞추려고 노력하는 모습이 보인다. 그 분들의 등짐도 만만치는 않았다. 나영은 지금 어디로 가고 있는지 얼마나 더 가야 하는지도 모른다. 그저 기도하기 좋은 곳으로 가야 한다기에 노부부를 따라 가는 것이다.

집에서는 새벽에 서둘러 출발했는데 벌써 해가 중천이다. 골짜기는 갈수록 좁고 가파른 산길이었다. 나영은 더는 못가겠다고 주저앉았다. 노부부도 잠시 쉬어 가자며 바위에 걸터앉았다.

가을 하늘은 참 예쁘기도 하다. 다문다문 하얀 구름이 예쁜 하늘을 힘들이지 않고 사뿐히도 걸어간다. 가만한 산바람이 등에 벤 땀을 씻어 가려는데 오전에 기도를 마쳐야 한다며 노부부는 나영에게 발걸음을 재촉했다. 오르막 바윗길을 한참을 더 오르다

"이제 다 왔습니다. 저~기 보이는 저 나무숲까지만 가면 됩니다."

머리가 반백인 할아버지가 손을 들어 알려 주는 곳에는 맑은 물이 작은 폭포처럼 떨어지고 있었다.

나영의 눈을 더 휘둥그레 하게 만든 것은 그곳에 도착하고였다.

'이렇게 높은 곳에 어떻게 이토록 아름다운 연못이 있

었을까?'

나영은 경이로웠다. 기도하는 그녀의 마음은 간절함을 너머 처절하기까지 했다.

바람은 아이를 두들기고 아마도 많이 울었을 것이다.
아이는 세상과 맞서야 하는 삶의 고단함을
왜 매질로 가르치는지 몰랐을 것이다
혼자 가야하는 고단한 길 '뒤 돌아 보지 마라.'
빗방울이 맹인의 지팡이처럼 타닥타닥 소리 내며 따라 오거든 우주처럼 귀를 닫으려므나 곧 지나 간단다.

퇴색된 풀잎을 마저 태우고 있는 가을 한낮을 보고 있으면 취한 소처럼 우둔해진다. 푸르름을 점령이라도 하겠다는 듯이 기세등등하던 옥수숫대도 언제부터인지 늙은 사자처럼 초라해지고, 태양볕에 잎이 타들어가며 알곡을 익히는 들깨 밭에는 참새들이 떼 지어 날아와 한말 쯤은 쪼아 먹고 후르륵 날아간다.

세월이 익어가는 들길, 바위틈에서 흰머리 오목눈이 새가 종종 걸음으로 다가오더니 고개를 갸웃 거리며 나영에게 인사를 했다.

"안녕하세요?"

"안녕! 어디서 왔니?"

"귀여운 녀석.. 만나서 반갑구나."

잠시 후 어디론가 후르륵 날아가는 귀여운 새의 뒷모습을 바라보다 나영은 발걸음을 재촉했다. 햇고구마의 풋풋한 향이 멀어질 즈음 가을도 끝이 나겠지……

"따끈따끈한 김밥이 왔어요. 방금전에 말아온 맛있는 김밥 왔습니다."

김밥 장수 아저씨의 목소리는 제법 따끈따끈하다. 김밥에서 제법 모락모락 김도 오를 것 같다. 김밥 두 줄을 샀다. 그사이 간이역 또 하나가 지나고 있었다. 한 줄을 먹고 나니 목이 말랐다. 때마침

"시원한 맥주가 왔어요. 땅콩이 왔어요."

맥주 아저씨는 김밥 보다 젊다. 목소리도 땅콩처럼 단단하고 맥주처럼 시원하다. 캔 맥주도 하나 샀다. 창밖에는 나무들이 지나가고 밤사이 얼어붙은 눈들이 간이역 불빛과 함께 희끗희끗 지나갔다. 누군가 몸의 습한 가스를 밀어 냈는지 코를 진하게 자극한다.

키 큰 나무들이 둘러진 주차장에서 택시를 세웠다. 간이역에 내려 택시를 타고 이곳에 오는 동안 나영은 만감이 교차했다. 어머니는 살아생전 작은 외삼촌을 늘 걱정하셨다.

어디에서 달려 왔는지 바람이 그녀를 위협하듯 나무들

을 한바탕 휘둘러 놓고 지나간다. 안내실로 들어갔다. 면회 신청서에 '문 석수. 수감번호 000번, 이라고 적어 주었다.

8년째 지느러미가 되었던 날개는 곧 하늘을 날 수 있게 될 것이다. 계획된 살인이 아니라는 것이 참작이 되어 형이 감해지게 된 것이다. 지금쯤 곰팡이가 피어 살점이 떨어져 나갔을 지느러미는, 비릿한 물속을 허우적거리며 오늘도 얼룩진 발자국을 지우고 있으리라.

작은 외삼촌이 형무소에 수감 된지 8개월 만에 외숙모는 예쁜 딸을 출산했다.

8. 삶과 죽음의 문턱에서

바람이 차다. 나영은 늦은 밤까지 거실에서 책읽기에 열중하고 있었다. 밖에는 초겨울 눈이 아닌 밤비가 내리고 있다. 작년 이맘때쯤 넘어져 수술했던 손목뼈가 왜 그런지 욱신거렸다. 나영은 몸 상태가 좋지 않아 그만 쉬어야 되겠다고 생각했다.

어지럽게 널려진 책과 노트들을 정리하고 일어나려 하자 아랫배가 뻐근하게 눌렸다. 아래로 무엇인지 액체가 뭉텅 쏟아졌다. 확인해 보니 붉은 핏덩이였다.

'이것이 무엇이지?'

나영은 더럭 겁이 나서 그대로 바닥에 주저앉았다.

출혈이 멈추지를 않는다. 움직이려하면 더 많이 쏟아지니 앉은 채로 기다시피 하며 화장실을 드나들었다. 그렇게 새벽이 오고 있었다. 나영은 점점 정신을 잃어갔다.

나영이 긴- 잠에서 깨어났을 때는 3일이 지나 있었다. 병원 중환자실, 팔에는 수혈중인 바늘이 꽂혀 있고 아이들은 엄마의 긴 잠에 얼마나 울었는지 눈이 벌겋게 부어 있었다. 그 때도 희수는 보이지 않았다. 가정도 내 팽개친 가장을 대신해서 생계를 책임져야 했던 나영은 회복된 몸이 아닌 줄 알면서도 날마다 일터로 나갔다. 몸을 너무 힘들게 한 탓인지 나영은 3개월 만에 다시 병원신세를 지고 말았다.

"몸을 너무 혹사 시켰나 봅니다. 머리로 대상포진 바이러스가 침투 했습니다."

의사는 정상으로 돌아가기는 어렵다고 설명을 해 주었다. 날마다 강한 진통제 주사를 맞아도 소용없었다. 머릿속은 작은 면도칼 하나가 난도질하는 통증에 몸부림을 쳐야했다. 얼굴 한쪽은 점점 마비가 되고 있었다.

마비가 진행 중인 눈 한쪽은 깜박이지도 못하고 감기지도 않아, 곧 먼 곳으로 보내야할 택배 물건처럼 스티커를 붙여 놓았다. 그렇게 고통에 시달리며 일주일이 되자 얼굴 한쪽은 완전히 석고처럼 굳어 버렸고, 통증도 멈추었다.

나영은 퇴원을 해서 집으로 간다 해도 이 상태로는 살아갈 용기도 자신도 없었다.

"엄마~ 밥은 먹어야 살아요. 용기 내세요."

딸아이가 밥을 차려 놓고 애원하듯 엄마를 밥상 앞에 앉혔다. 이렇게라도 살아야 하는지, 나영은 딸의 권유에 못 이겨 밥 한술 입에 넣고 울음보를 터트렸다.

'그래, 내 새끼들 때문에라도 살아야지~.'

나영은 미치광이처럼 유명하다는 한약방, 한의원, 무허가 침놓는 집 등, 어디든 가리지 않고 찾아다니기 시작했다. 눈물은 매일매일 소나기처럼 쏟아 졌다.

대침을 맞고 얼굴에 피멍이 들고 핏물이 흐르는 것은 예삿일 이었다. 그렇게 미친 듯, 어디든 찾아다닌 지 한 달 만에 기적처럼 눈꺼풀이 움직이기 시작 했다. 나영은 자신의 살에게 고마워서, 안쓰러워서 몸부림치며 울었다.

언제였던가…… 옥희를 따라갔던 점집 무당이 했던 말이 생각났다.

'죽을 고비가 또 있을 것이다.'고 했던 말…….

내일과 다음생 중, 어느 것이 먼저 일지 몰라,

하늘을 보면, 수만리 밖 우주에서 보내는 붉은 메세지. 해답을 찾으려 뚫어져라 하늘을 바라다 보면, 미묘한 전류가 흐른다. 내가 사라진 후에도 남아 있을 하늘에 무어라 쓸까?

9. 불꽃과 아티스트들

"우리 이혼해요."

"뭐? 이혼? 이 여자가 미쳤나. 다 늙어서 무슨 이혼이야."

희수는 파리채를 휘두르다 말고 평소 버릇처럼 눈을 흘기며 빈정거렸다. 마누라 무시하는 버릇은 여전했다.

"돈 일억을 당장 가져와봐. 생각해보게."

나영은 입도 떨어지지 않았다. 이것은 아내를 무시하는 언사였고 억지였다. 시골 집 하나 있는 것도 노름빚으로 넘어 간지 얼마 되지 않았다.

벌겋게 살이 드러난 그의 머리통 한가운데서 파리 한

마리가 앉았다 날아갔다. 그는 양심이라고는 파리 한 마리보다도 못해 보였다. 희수는 법으로 하라며 비웃었다.

　결국 법정 소송은 시작 되었다. 설마 했던 그는 다급했던지 터무니없는 거짓으로 판사의 마음을 움직이려했다. 법은 그리 호락호락 하지 않았다. 가족을 위해, 한 가정의 가장으로써 한 일이 무엇인지 증거를 제출하라는 판사의 말에 그는 끝내 답 하지 못했다.

　소송한지 일 년쯤 지나서야 이혼판정과 함께 그와의 길고 긴 싸움은 끝이 났다. 법으로는 가정을 지키지 못한 죄라 하나, 나영은 그에게 죄목을 말하라면, 더 큰 것이 있다.

　'반백년을 아내를 종처럼 여긴 죄, '사사 건건 무시한 죄.' '가정을 버린 죄.'

　이혼이든, 졸 혼이든 뭐라 말해도 좋다. 긴 머리칼처럼 엉켜있던 그녀의 영혼이 자유로워진 것이다. 가슴뼈에 걸려 있던 빗장이 풀어진 것이다. 아이들 다 성장 시키고 나면 꼭 해 보고 싶었다. 앞으로 살 수 있는 날이, 일 년 이면 어떻고 반년이면 어떤가. 그나마 바람에 상처를 다독이며 살아갈 수 있는 여백이 조금은 남아 있으려니…….'

헛간 쪽에서 이상한 소리가 났다. 투둑 ~ 투둑, 볏 집 튀는 소리와 함께 무언가 타는 냄새에 나영은 '무슨 일일까, 누가 왔나?.' 하며 헛간 쪽을 향하다 소스라치게 놀라 그 자리에 서고 말았다.

　'부-부- 불-이 야~~.'

　이 소리는 입 안에서만 뱅뱅 돌았다. 건강이 좋지 않았던 나영은 이혼 후, 예전에 친정어머니가 살던 시골집을 안 밖으로 통나무를 쌓아 올려 손질 했었다. 가희는 출가하였고 직장에 다니는 아들과 조그맣게 황토방도 하나 만들었다.

　가뭄이 든 철이어서 불은 순식간에 훨훨 지붕 위로 날아올랐다. 나영은 꼼짝을 할 수가 없었다. 뜨거운 열기와 검은 연기는 돌기둥이 되어버린 그녀의 몸을 삼키려 달려들었다. 순간, 재가 되어버린 볏짚처럼 파르르 주저앉았다.

　울타리 밖으로 가물가물 낯익은 사내얼굴이 보였다. 그의 번질거리는 머리통위에서는 덕지덕지 올라앉았던 햇빛이 팅겨나가고 있었다. 검은 얼굴에 이글거리는 눈, 사냥한 먹잇감을 앞에 둔 짐승처럼 호탕하게 웃는 그의 턱 밑으로 유난히 컷 던 목울대의 움직임을 보았다. 그 것은 죽은 시체를 찾아 어슬렁거리는 하이에나의 몸짓이었다.

발톱만 길게 자란 하이에나는 굶주린 배를 채웠는지 그을린 목덜미를 세우고 느린 걸음으로 멀어져 갔다.

하이에나가 지나간 자리에는 하얗게 핀 미영꽃이 활- 활, 꽃불 깃을 들어 올리고 있었다. 붉은 노을이 그녀를 에워싼다.

가슴에 실금이 들던 날부터 그녀는 광대였다. 광대는 반쪽 몸으로 치마폭에 불씨를 담으며 휠-휠 춤을 춘다. 무명천 새하얀 수건은 하늘에 수많은 선을 긋는다. 애원의 몸짓이다. 춤사위가 깊어져 갈 때, 누군가 그녀를 세차게 흔들어 깨운다. 커다란 불덩이다.

갑자기 날아드는 불덩이에 자지러지게 놀라며 후다닥 몸을 일으켰다. 또, 꿈이었다. 형용할 수 없는 멍울이 명치끝에 메었다.

창밖에는 감나무 푸른 잎 사이로 하늬바람 잔잔한 미소 하나가 머무르고 있었다. 현관문을 열었다. 풍경소리의 여운이 마치 솔숲 지나는 바람처럼 깊다. 정오의 환한 빛이 흙 마당에 뒹굴고, 노을이 붉게 피었던 자리에는 예쁜 나리꽃이 피었다.

투둑, 투둑, 돌 부스러기 밟으며 나영은 집 뒤 헛간 쪽으로 조심조심 발을 옮겼다. 모두가 그대로였다.

긴 한숨으로 가슴을 쓸었다. 성근 울타리 밖으로 미영 꽃도 보였다.

나영은 요즘 들어 악몽에 시달리곤 했다. 며칠 전에도 악몽을 꾸었었다. 그 때도 꿈에 본 화단에 가 보았었다.

오얏나무와 석류나무 사이에 길게 걸쳐진 것이 있었다. 뱀이 빠져나간 허물, 그 허물은 아나콘다처럼 길었었다. 길게 감겨 있던 허연 허물은 뱀의 형상 그대로 생시처럼 또렷했었다. 그런데 그 물체는 현실에는 어디에도 없었다. 나영은 머리를 쳐들고 있던 그 뱀 허물이, 살아 있는 뱀으로 환생하여 어디선가 달려들 것만 같아 도망치듯 밖으로 뛰어 나왔었다.

그녀는 꽃 가까이 다가갔다. 막 피어나는 비단처럼 결고운 하얀 꽃잎을 어루만지다 작은 다래 하나를 골라 땄다. 입안에 넣고 살며시 깨물어보았다. 새콤달콤한 맛이 입 안 가득 퍼졌다. 알맞게 자란 파리똥 나무에는 자잘 자잘한 꽃이 많이도 피었다. 그 옆에는 꽃이 봉오리질 때 쯤 따 먹으면 제법 먹을 만하고, 활짝 피면 노란 나비처럼 예쁜 키 큰 골담초가 있다. 꽃봉오리가 맺어 있어 예쁘지만, 꽃을 따기 위해 자칫 잘못 건드리다 매서운 가시에 찔려 혼이 나기도 했다.

하늘이 참 맑다. 먼 산 능선이 보이고 산 밑으로 흐르는 물의 출렁임에도 생명의 힘이 넘쳐 보인다.

옆집 김군은 근육질이 탄탄해 보이는 팔뚝을 쑥 내밀어 보이며,

"이따 만 한 잉어 세 마리가 눈앞에서 훌렁 훌렁거리며 노는디 와~~ 가슴이 울렁거려 혼났습니다."

"잡지 그랬나요."

"팔뚝만한 메기도 보았어요."

김군은 잉어 때문에 여전히 흥분 되어 있었다.

"그렇게 큰 물고기들은 영악해서 잘 잡히지 않습니다."

사람들은 물고기가 노니는 것을 보면 잡고 싶어 한다. 식용으로 생각하는 것이다. 나영은 말만 들어도 기분이 좋았다.

옥수수 열매를 토실토실 키워내고, 오이와 고추도 풍성하게 열리는 것은 따뜻한 태양빛이다. 그런데 요즘은 따뜻함이 아니라 따갑고 무서운 태양이 되어 버렸다.

시대가 변해서일까, 채소들도 태양에 노출이 되면 하얗게 타버린다. 요즘 밭농사는 햇빛을 막아주는 차광막을 씌워주기도 한다. 그래서인지 농사가 많이 힘들어졌다는 말들을 한다.

'지구가 변해가고 있어.'

불과 몇 년 사이에 '삼한사온'이라는 겨울 날씨가 사라진 것도 그 이유가 아닌가 하는 생각이 들곤 한다.

인디언 할머니가 너무 뜨거운 탓인지, 요 며칠 밭에 나

오시지를 않는다. 팔십 중반쯤 되는 할머니는 쉬는 날 없이 밭에서 괭이질이나 삽질을 한다.

"힘들지 않으세요?"

"힘들긴 뭐가 힘드노, 평생 해 온 일인데."

나영은 할머니를 보면 딴 세상사람 같아 놀라며 산다. 동네에서는 '인디언 할머니'라 부른다.

비 오는 날이면 김군은 우울해지는지 경쾌한 옛날 팝송(CCR 그룹의 프라우드 메리)을 처음엔 작게 틀어 놓고 차츰 볼륨을 올린다. 옆집 보안관은 담낭 수술 후 얼마 되지 않아 세상을 떠났다. 암 세포가 간과 폐로 번진 것이다. 퇴직 후 2천 평 남짓한 텃밭을 일구며 살았던 강골이었다.

*

새벽부터 나영의 단잠을 깨우는 요란한 알람이 있다.

'오늘도 장날이구나~~'

볼륨이 너무 높다. 나영은 잠을 깨려고 이불 속에서 부스럭거리며 뒤척였다.

수탉 장원이는 시간 개념 없이 아무 때나 목청을 최대한 크게 올린다. 새벽 3시나 4시경, 어떤 때는 밤 12시경부터 30분 간격으로 소리를 하니 명창이 아닐 수 없다.

예전에 시계가 없던 시절에는 닭 우는 시간이 거의 일

정해서 시간을 알리는 일등 공신이었지만, 지금은 시간 맞출 필요가 없으니 지가 제일 장하다는 것을 아무 때나 알리고 싶은가 보다. 지 잘난 맛에 사는 현대식 창작이다.

목청을 자랑하는 수탉녀석은 지가 이름 값을 하는 장원이니까 그렇다 치고, 먼동이 트면 암닭들도 합세를 하여 벼라 별 악기 소리가 다 몰려나온다. 몇 가구 안 되는 시골마을은 온 동네 장터가 된다.

'부지런들도 하셔라.'

옆집 미안해서라도 누워 있을 수가 없다. 제일 시끄러운 닭장 5호부터 문을 열어주자 요 녀석들, 촉각을 곤두세우며 기다렸던지, '많이많이 기다렸어요.' 하고 말하듯 운동선수처럼 튀어나온다. 그 다음 4호는 봉순이가 있는 방이다. 나영은 후다닥 뛰어 나가려는 봉순이를 붙잡고 머리를 한 대 쥐어박았다.

"너, 알을 낳을 때가 되었는데 왜 안 낳고 그러니?"

봉순이는 듣는 둥, 마는 둥 먹이가 있는 곳으로 곧장 달려갔다. 나영은 닭장 안, 왕겨를 두툼하게 깔아 놓은 난실을 '혹시나~'해서 확인해 보느라 머리를 디밀었다. 태어 난지 여섯 달이 되어 초란을 낳을 때가 된 것 같아 며칠 전 부터 나영은 목을 빼고 기다렸다.

'어머나~.' 새알 같은 것이 하나 다소곳이 앉아 있다. 봉순이가 낳은 알이다. 고 녀석 한 대 쥐어박은 것이 미안했다. 약간 분홍빛을 띠는 조그만 초란을 낳아줬다. 메추리알과 비교한다면 그 보다 조금 클까? 정말 앙증맞고 귀엽다.

"봉순아! 이리와 아~고 예뻐라."

나가자마자 밥그릇부터 확인하는 녀석에게 나영은 눈높이를 맞추려고 쪼그려 앉아 손짓하며 불렀다. 봉순이가 좋아하는 쌀알을 주려는 것이다.

봉순이는 나영을 잘 따른다. 6개월 전에 인공 부화기로 태어난 아홉 마리 중 한 마리인데 제 어미를 닮아 유일하게 머리에 하얀 털이 보송보송한 귀여운 백봉오골계여서 나영은 봉순이라 이름 지었다.

'오늘은 선물로 운동장에 모래를 더 깔아서 기분 좋게 해줘야겠다.'

밖에는 계속 비가 내린다. 휘파람새 오디새가 서성이고 앵두꽃 꽃망울이 새벽비에 촉촉하다. 잔인한 봄이다.

비가 오면 아이들은 비닐하우스 안에서만 논다. 모래목욕을 하느라 움푹 파 놓은 곳에 들어 앉아 다소곳이 있거나, 병아리들이 환히 보이는 칸으로 들어가서 횃대에 줄지어 올라 앉아 있다. 아기들이 노는 모습을 구경하고 싶은 것이다. 닭들도 빗소리를 들으면 사람들처럼 정적인 분위기가 되는지 얌전해진다.

하우스 안에는 하얀 배꽃, 향기도 고운 오얏꽃, 노란색이 귀티 나는 키위꽃, 향기를 자랑하는 천리향 등, 감나무 여린 잎도 돋아 있다. 꽃과 새들과 파릇파릇 새싹들이 화려한 잔치를 열고 있는 이곳은 나영과 꼬꼬들의 보금자리이기도 하다.

봉순이는 인공 부화기에서 태어났다. 나영은 병아리들을 키워 보고 싶어 인공 부화기를 샀었다. 16개의 알을 넣어 줬다. 온도와 습도가 자동으로 맞춰지는 부화기는 가끔 습도를 맞추기 위해서 물을 넣어 주기만 하면 되었다.

21일째가 되었다. 알의 동태를 자주 살펴야 한다. 어느 녀석이 먼저 알을 파각 할지 모르기 때문이다. 저녁쯤 되어 조그맣게 '삐~약~' 소리가 들렸다.

나영은 반갑고 신기함에 부화기에서 눈을 뗄 수가 없었다. 병아리가 안에서 부리로 껍질을 쪼기 시작하면, 어미닭이 이를 도와주기 위해 동시에 밖에서 도와주는 것을 '줄 탁 동 시'라 한다. 나영은 어미닭이 되어 줘야 했다. 작은 알속에 온 몸을 최대한 구기고 오늘을 기다린 생명들이다.

나영은 한 마리, 또 한 마리~, 5일 동안을 정성을 다 하느라 시간 가는 줄도 몰랐다. 처음이어서 더 신기하고, 한 마리라도 잘 못 될까봐 불안하고, 잠시도 눈을 뗄 수가 없었다. 갓 나온 병아리의 탯줄도 끊어 주고, 너무 일찍 끊어서 출혈이 심한 아리(병아리)도 있었다. 잃을까봐 마음을 졸였지만 다행히도 살아주어 나영은 고맙고 미안했다. 모두 아홉 마리가 태어났다.

5일을 기다려도 태어나지 못한 알들은 가망이 없어 흙에 묻어 주었다. 그것마저도 나영은 가슴이 아팠다. 아홉 마리 아리들 중, 8주후에 지인 두 분에게 여섯 마리를 입양시키고, 나영은 3마리를 키웠다.

맨 마지막에 태어난 아리 한 마리는 너무 오랜 시간을 작은 알속에 있어서인지 목이 휘었다. 그래서 몸의 균형을 잡지 못하고 자꾸만 넘어졌다. 제대로 클지 걱정이 된 나영은 아리를 안고 목을 거즈로 감아 고정시켜 보려고 했으나 아리는 자꾸만 빠져 나갔다. 넘어지면서 모이를 먹고, 다른 아리들 틈에서 살아 보겠다고 무리에 섞이며 그래도 살아주는 것이 나영은 대견했고 눈물 나게 고마웠다. 아리는 자라면서 조금씩 목이 반듯해졌다. 지금은 정상이 된 그 아리가 사랑스러운 봉순이다.

큰 비닐하우스 안에는 크고 작은 닭장이 5호집까지 있다. 각 두 마리씩 살고 있고, 3호실에는 청계 암 닭이 병아리 다섯 마리를 키우며 보호하고 있다. 처음에는 크게 두 칸이었는데 서로 때리고 물어뜯고 싸우는 통에 칸막이를 해서 5호까지 된 것이다. 넓은 하우스 안에 반은 각각 방과 거실을 따로 만들어 주고 나머지 반은 모두의 놀이 공간이다. 그리고 방목시켜 자유를 누리게 하려고 마당까지 개방 했으니 닭들의 천국이다.

그런데 닭들은 신기하게도 나영의 말을 잘 알아듣는다.

"노랑아~ 어디 있니~."

"쪼깐아~ 꺼뭉아~ 이쁜아~ 청이야~ "

하고, 부르면 어느 구석에서 놀다가도,

'네, 나 여기 있어요.'

하고, 모두 양 날개를 휘저으며 뛰어 나온다. 어떤 녀석은 날아서 온다. 지렁이나 메뚜기를 나영은 올 여름 많이 잡아다 먹였다. 그래서인지 부르면 맛있는 먹잇감을 가지고 와서 지네들을 부르는 줄 아는 것이다.

애들은 착하고 얌전한 편이다. 항아리 위를 올라가 뛰어 내리기를 한다거나, 마당이나 화단의 흙을 온통 파헤치고 현관 앞으로 올라가 응아를 하는 그런 개구쟁이들은 아니다.

그런데 파헤치는 곳이 한군데 있다. 화단 한쪽에 거름으로 쓰려고 음식 찌꺼기나 효소 찌꺼기를 모아 놓는 곳이다. 어슬렁거리며 풀을 뜯거나 벌레를 잡아먹다가 그것도 심심해지면 대 여섯 마리가 우르르 몰려가 마음껏 휘저으며 노는 재미난 놀이터이다.

뭘 먹을 것이 있는지 마냥 파헤치며 뭔가를 실컷 주워 먹고는, 뒤뚱뒤뚱 엉덩이를 흔들며 또, 어디론가 먹이 사냥을 떠난다.

행여 잠깐 대문을 열어 두어도 대문 밖에는 쳐다만 보고 나가지 않는다. 나영은 몰려다니는 녀석들에게 나가면 안 된다고 수시로 일장 훈시를 해두었다. 대문 밖에는 옆집 배추밭도 있고, 풀밭 등 얼마나 풍성하고 자유로운 벌판일까. 그래도 나영이 싫어한다는 것을, 요 녀석들은 너무도 잘 알고 있다. 어떤 때는 나가고 싶어 먼 산 보듯 밖을 바라보는 녀석이 가끔 있다. 그러면,

"장원아~~ 나가면 안 돼."

하는, 나영의 말이 끝나기도 전에 죄라도 지은 듯이 집으로 달아나곤 한다. 하루는 봉순이가 열려진 대문 앞에서 나영의 눈치를 보더니,

'엄마~ 나 잠깐 맛있는 풀 하나만 먹고 올게 용서해 주세요.'

하며, 허락할 겨를 없이 빠른 걸음으로 뒤뚱대며 대문을 나갔다. 나영은 잠시 놀랐지만 가만히 지켜보기로 했다. 울타리사이로 대문 바깥 세상에 먹고 싶은 것이 보였던 모양이다. 눈 여겨 보았던지 싱검나물 한 뭉텅이가 있는 곳으로 곧장 달려갔다. 봉순이는 후다다닥 풀잎을 따 먹기 시작했다. 부리 움직이는 속도가 마치 미싱바늘의 박음질 같았다. 눈 한번 깜짝하는 사이에 기계처럼 그 나물을 다 쪼아 먹었다. 그러더니 나영을 한번 힐끔 쳐다보았다.

'엄마~ 나 조금만 더 놀다 가면 안 되나요?'

"안 돼, 얼른 들어 와."

봉순이는 재빠르게 안으로 뛰어 들어 왔다. 그러더니 대문에서 비닐하우스까지 10미터가 넘는 거리를 새처럼 후르륵 날아 들어갔다.

'그래, 너희들도 날개가 있으니 새 구나.'

나영은 봉순이를 유난히 예뻐한다. 목이 휘어 잘 걷지도 못했던 아리였을 때를 생각하면 가슴이 찡~ 하다.

그리고 보니 마당에 지천으로 있던 싱검나물이 성가신 잡초였는데 모두 쭉정이만 남아있다. 우슬 잎도 쭉정이만 남아 있고,

'이제 보니 채송화 탱글탱글한 잎도, 네 녀석들이 다 먹어 치웠구나.'

방아 잎도 뜯어 먹은 흔적이 있다.

'이놈들~ 좋은 건, 다~ 알아가지고는~~'

대문 밖, 이 백 평 남짓한 텃밭에는 우슬 잎이 봄부터 가을까지 널려 있다. 날마다 한쪽에서 부터 잘라다 줘도 계속 자라기 때문에 나영은 많이 먹이고 있다. 사료보다는 채소나 쌀겨 등, 영양식을 많이 섞여 먹인다.

까마중 열매는 나영이 따 먹으려고 길렀는데 아이들이 까맣게 익는 데로 이리저리 목을 빼고 올려다보며 다 따 먹는다. 눈도 밝다. 어떻게 까만 것이 익은 것인지 아는 것

일까? 제 키보다 높으면 폴짝 뛰어서 그것만 콕 찍어 따먹곤 한다.

"요녀석들아, 나도 좀 먹자. 안 남겨 줄 거야?"

하면서 혼내지만 사실 나영은 그러거나 저러거나 다 귀엽다. 못 들은 척 판전을 피울 줄도 아는 녀석들이다. 신기한 것은 그 풀들이 있는 장소를 알고 있는 것이다. 그래서 날마다 몇 번씩 찾아가 익었는지 좌 우 사방으로 올려다보며 살펴보기까지 한다. 닭들의 이런 모습들까지 나영은 사랑스럽다.

요즘 보는 현상인데 병아리들을 돌보고 있는 청계어미닭(청란이)과 백봉이가 철망을 사이에 두고 자주 싸운다. 두 마리가 갈기 깃을 세우고 싸우는 것을 보면 나영은 겁이 나기도 한다.

"이 놈들아~~, 그만 싸워라."

큰소리로 혼 줄을 내야 백봉이가 먼저 슬그머니 내뺀다. 아마도 싸우는 원인은 백봉이가 병아리들을 철망 너머로 바라보기 때문인 것 같다.

얼마 전, 청란이가 먼저 알을 품었었다. 산란용 계란은 따로 보관하며 모아둬야 된다. 냉장 보관 하지 않고 세척도 하면 안 된다. 신선도 유지를 잘 시켜 줘야 된다. 그런 준비가 안 되었는데 빈 둥지에 계속 앉아서 알 품는 시늉을 하고 있으니 나영은 못 품게 훼방을 놓았다. 그랬더니 나영을 물어뜯으며 사납게 달려들었다. 잊으라고 독방에 따로 넣어 줬다. 몸부림을 치고 악을 쓰고 난리가 아니었다. 할 수 없이 따로 칸을 막아 만들어 놓은 산실로 나영은 보듬어 옮겨주고 계란도 모아서 일곱 개를 넣어 주었다.

란이는 생김새처럼 야물게도 앉아 산모 노릇 제대로 해 냈다. 하루에 한번 먹이를 먹으러 나와서 응아도 그 때 한 번에 몽땅 쌌다. 나름 횃대에 올라가 몸 푸는 운동도 하루 한번 짧게 하고, 되도록 빨리 산실로 들어갔다. 나영은 아침, 저녁 문안 인사를 해야 했다. 아침에는 방문을 열어주며,

"란이야, 잘 잤니? 오늘 하루도 잘 보내자, 우리 청란이 파이팅!!"

하고, 나영이 란이와 눈을 맞추면 청란이도 대답을 한다.

'네, 알았어요. 엄마, 잘 견딜게요. 걱정 마세요.'

나영은 알아듣는다. 청란이의,

'꾸우우, 꾸우우.' 하는 소리가 그렇게 말하고 있다는 것을……

저녁에는 방문을 닫아주며 나영은 또 인사 한다.

"란이야, 오늘도 고생 했네. 잘 자거라."

'꾸우우, 꾸우우.'

란이는 고맙다고 말한다. 저를 지켜 줘서 고맙다고……

혹여 하우스가 철통같이 되어 있어도 나영은 문단속을 하고 또 한다. 효리에게 있었던 일은 다시 일어나서는 안 되기 때문이다. 하이에나들이 주변을 어슬렁거리며 기회를 엿보고 있는 것 같다. 그 조바심 때문에 나영은 어디를 가서도 어둠이 내리면. 걱정을 넘어서 가슴이 두근거린다. 그리고 이렇게 문단속을 해줘야 아가들도 안심이 되겠다는 생각이 드는 것이다.

아가들은 나영이 나가서 어둡도록 안 들어오면 문 앞에 모여 기다리기도 한다.

닭들은 겁이 많다. 늘 뭔가에 잡혀 먹힐 것 같아 경계를 하며 산다. 나영은 그래서 더 가엽다. 제일 약하고, 짧게 살다 가는 동물인 것 같다. 짐승들에게 먹히고 사람들에게 먹히고, 뱀에게도 쥐에게도 병아리는 먹잇감이다.

드디어 꽉 채운 21일 만에 병아리가 알을 깨고 나왔다. 나영은 능숙한 산파처럼 행동해야 했다. 그런데 잠시 방에 들어가 볼일 보고 나온 사이에 마지막 늦게 나온 병아리 두 마리가 깔려 죽은 것이다.

안타깝지만 어쩔 수 없이 두 마리를 어미 몰래 살짝 감춰서 꺼냈다. 나영은 죽은 아가들을 키친타올에 잘 싸서 밭 한쪽에 들 고양이가 냄새를 맡지 못하도록 흙을 깊이 파고 묻어 주었다.

'아가들아, 하늘나라로 잘 가거라. 세상에 태어나 빛

한 번도 보지 못했구나.'

나영은 슬퍼 할 시간도 잠시였다. 나머지 다섯 마리를 어미가 키우지만 나영도 열심히 도와줘야 한다. 바닥에 깔아준 방석도 날마다 털어주고 햇볕에 말려주고, 깨끗한 물도 매일아침 갈아주어야 한다. 밤사이 싸 놓은 응아도 날마다 치워주어야 위생상 좋은 것이다.

나영은 병아리들 먹이는 따로 날마다 수작업을 한다. 계란 노른자를 삶아서 으깨주고, 살짝 불린 쌀을 빻아서 쌀겨와 몽근 멸치가루를 함께 섞어 주기도 한다. 커갈수록 먹이도 다르게 바꿔 준다. 조와 불리지 않은 쌀가루 등 나영은, 건강식까지 챙겨주고 유산균등 매실효소를 물에 조금씩 섞어준다.

변을 수시로 점검하고 아픈지도 확인하고, 똥꼬도 자주 보고 응아를 달고 다니면 떼어주고 닦아 줘야한다. 보통 노력이 아니다.

어미는 육아 교육을 시작한다.

'너희들 엄마가 입으로 가져다 놓아 주는 것만 먹어 알았지?'

아기들은 엄마가 뭐라고 하는지 엄마의 얼굴을 올려다 보며 배운다.

'알았어요, 엄마가 시키는 대로 할게요.'

어미는 모래를 열심히 파서 벌레의 유충을 잡아 먹인다. 나영이 채소를 넣어주면 어미가 한번 뜯어서 먹어 보고 아기들에게 먹으라고 '구구구~~' 소리를 한다. 그렇게 어미의 허락이 떨어져야 아기들은 먹기 시작한다.

아리(병아리)들은 어미의 보호와 교육을 받으며 성장한다. 나영은 어미닭이 못하는 부분들을 도와주는 것이다. 아리들은 호기심이 많아 귀퉁이 작은 구멍만 있어도 들어가 본다. 그러다 어느 날 야무지게 박혀 버렸다. 어미닭 소리가 평소 같지 않아 나영은 뛰어가 보았다.

"아니, 란이야 왜 그래?"

란이는 평소에 안하던 행동을 했다. 날개 죽지를 올리고 안절부절 어쩔 줄을 몰라 했다. 나영은 란이가 바라보며 울부짖는 쪽으로 다가가서 살펴보았다. 아리들도 다섯 마리인데 보이는 녀석들은 4마리뿐이다. '무슨 일이 있구나' 싶어 나영은 더 깊이 들여다보았다. 그곳에는 아리 한 마리가 이중 철망 속에 갇혀 소리도 못 내고 몸부림치고 있었다. 밖에서는 보이지도 않는 곳이었다. 나영은 다치지 않게 조심스럽게 아리를 꺼내 주었다. 저도 얼마나 놀랐을까? 털이 땀범벅이 되어 있었다.

"꼬마야, 왜 케 너는 말썽쟁이냐. 네 어미도 놀라고 너는 또 얼마나 놀랐겠니. 저기가 어느 구석이라고 그리 들어가, 요 녀석아~."

어미는 아무 일도 없었다는 듯이 아기들을 데리고 모이통으로 가서 모이를 먹였다. 나영은 놀란 가슴을 쓸어 내려야 했다. 잠시 읍내에 다녀오려고 나가려던 참이었다. 나갔으면 저 아가는 몸부림치다 하늘나라 갔을거라 생각하니 나영은 가슴이 철~렁~ 내려앉았다.

'사람도 저 만한 때 터무니없는 말 짓을 하는데 사람이나 짐승이나 매 한가지구나!'

알에서 병아리가 되고 또, 자라면서 성장하기까지 얼마나 힘든 여정일까?

아리들이 아무 탈 없이 날마다 어미 품을 들락이며 어리광도 부리고, 어미 입에 있는 먹이를 받아먹기도 하며 건강하게 자라고 있으니 나영은 고맙기만 하다.

백봉이가 훤히 보이는 이 모습들을 부러워서인지 시샘인지는 모르나 철망 밖에서 하염없이 서서 바라보는 것이다. 그러나 청란이는 바라보는 것이 싫은가보다. 그래서 둘은 망을 사이에 두고 깃털을 세우며 자주 싸운다.

'저리 안가? 보지 말라고…….'

'보면 좀 어때, 나도 저렇게 아기들 키울 수 있었다고…….'

이렇게 둘이서 싸우는 동안 꼬마들은 닭장 밑에 숨어 소리도 내지 않는다. 엄마가 적과 싸우는 줄 아는가보다.

다른 닭들도 가끔씩 아기들 노는 모습을 보고 싶어 한다. 그러나 어미가 싫어 한다는 것을 아는지 옆 칸에 들어가 조금 떨어진 횃대에 얌전히 올라가 앉아서 철망 사이로 아기들 노는 모습을 구경한다. 사람들이 영화관 스크린을 보듯이……

닭들도 꼬마들 노는 모습이 귀여운지 그렇게 멀리서라도 바라본다. 멀리서 바라보는 것은 청란이도 허락을 한다.

백봉이가 청란이를 부러워하는 데는 그 만한 이유가 있었다. 청란이가 알품기를 시작한지 며칠 안 되어 백봉이도 알을 품어 보겠다고 떼를 썼다. 나영은 난감 했다.

"안된다는데 너는 왜 또, 성가시게구니?"

백봉이와 나영은 또, 어쩔 수 없이 실랑이를 벌이게 되었다.

닭들은 알 낳는 둥지를 여러 개 만들어 놓아도 한곳에만 알을 낳는 습성이 있다. 한 녀석이 알을 낳느라 둥지에 앉아 있으면 다른 녀석이 빨리 나오라고 고함을 치고 화를 낸다. 그래도 안 나오면 둥지를 발로 차고 왔다 갔다 하며 소리 소리를 지른다. 신경질을 부리는 녀석들도 있다.

바닥에 깔아 놓은 왕겨를 마구마구 흩뿌리며 온통 난장판을 만들어 놓고, 저 성질머리 사납다는 것을 동네방네에다 떠들고 다닌다.

알 낳느라 앉아 있는 닭은 불안해서 못 견뎌 알 낳기를 포기하고 나오기도 한다. 그래도 안 나오고 앉아 있는 닭에게는 등에 올라 앉아 기어이 그곳에 알을 낳고 만다.

다른 둥지에 낳으라고 예쁘게 꾸며 주었건만 거들떠도
안 본다. 닭들도 알을 낳으며 산통을 겪는다.

'으으으⋯⋯.'

하며, 한참을 앓는 소리를 낸다. 어떤 녀석은 눈을 감고
발발 떨기도 한다. 처음엔 그 모양을 보고 또 소리를 들
었을 때 나영은 많이 놀랐다.

"아가, 어디 아파? 란이야 아픈거야?"

나영이 그렇게 묻자 란이는 눈을 동그랗게 뜨고 고개를
들며 나영을 바라보았다.

'걱정 말고 저리 가세요. 나 알 낳아야 되요.'

란이는 시큰둥하며 나영을 가라고 했다. 나영은 닭들도
산고를 겪는 다는 것을 닭을 키우며 처음 알게 되었다.
암닭들의 신음 소리를 들으면, 알 하나의 껍질 속에도 소
리 없는 생명이 존재하고 있음을 실감하게 된다.

그런데 백봉이가 그 산실을 독차지 하고 앉아 나오지
를 않으니 나영하고 싸울 수밖에 없게 된 것이다. 잡아서
끌어내자면 물어뜯고 때리고 소리 지르고, 몸부림이 장난
이 아니다. 그렇게 끌어내면 또 들어가는 것이 반복 되
니 독방에 가두는 방법을 쓰게 되었다. 고집들이 보통이
아니다. 나영은 할 수 없이 또 산실을 만들어 주었다. 준
비된 알이 없으니 마트에서 파는 유정란을 사서 다섯 개
만 넣어 주었다. 백봉이가 몸집이 작아 마트의 큰 계란은

더 품을 수가 없다. 성공 할 확률도 희박했다. 누가 유정란을 사다 넣어 줘보라 해서 넣기는 했는데, 나영은 괜히 백봉이만 생고생 시키는 것 아닌지 걱정도 되었다. 나영은 유정란 박스에 판매자 연락처가 있어 전화를 해 보았다.

"안녕하세요? 제가 병아리를 키워 보려고 유정란을 샀는데 부화가 가능 할까요?"

"예, 어떤 분이 한 마리 성공 했다고 하는데, 저는 노계라서 장담은 못합니다."

나영은 한 마리라도 희망을 걸어 보기로 했다. 못 품어서 애를 닳게 하는 것보다 나을지도 모른다는 생각이었다.

백봉이도 지극정성으로 산실을 지켜냈다. 21일이 되었다. 나영은 아무런 기미가 없어 알을 살피려고 봉이를 밀어 보니 아니 이게 무슨 일인가, 알 하나가 터져 썩은 냄새가 진동하고 다른 알까지 묻어 온통 끈적끈적 난리통이 되어 있었다.

서둘러 청소를 하고 따뜻한 물수건으로 봉이의 배를 닦아 주려 했다. 웬걸……봉이의 배가 뜨끈뜨끈했다.

밤, 낮의 온도차이가 심하기는 했다. 요즘 낮의 온도가 너무 높아 있었다. 그렇지만 무엇이 잘못된 것인지 알 수가 없었다, 온도 차이인지 유정란이 못되고 무정란이었는지 나머지4개도 살짝 구멍을 내 보니 다 상해버렸다.

더운 날, 21일간의 긴 여정이었다. 나영은 봉이를 안아

주고 쓰다듬어 주었다. 봉이도 그녀도 가슴으로 울었다.

"봉이야, 네 잘못 아니야. 엄마가 잘 못 했다. 너를 생고생을 시켰구나 미안하다 아가야."

봉이가 못 잊고 또 들어가 앉을까봐 산실을 막아 놓고,

'가여운 요 녀석을 어떻게 포기 할 수 있게 달래 줘야 하나.'

나영은 막막하기만 했다. 다행히 봉이는 아는지 모르는지 포기를 빨리 한 것 같았다.

그래서 였을 것이다. 봉이가 청란이의 아기들을 바라보는 것이……

나영은 청란이에게 이런 사연을 얘기해 줄 수도 없으니 봉이를 이해 해달라고 부탁 할 수도 없다. 딱한 노릇이다.

낮에는 5호집 아이들과 병아리 가족 3호집만 빼놓고 모두 집 마당 풀밭으로 방사한다. 그 대신 5호는 노는 공간을 가장 넓게 만들어 그 안에서 모래목욕도 자유롭게 하게하고, 올라가 쉬도록 나영은 횃대도 층층으로 만들어 주었다.

닭들은 적에게서 몸을 지키기 위해 최대한 높이 올라가 쉬거나 자는 것을 좋아 한다. 그들만의 공간인 비닐하우스 안에는 매화나무와 키위 나무 등, 아이들의 키 높이보다 큰 화초들도 자라고 있어, 푸른 잎과 나무들이 보기 좋게 어우러져 있다.

마당으로 방사하지 못하는 3호와 5호집에는 날마다 푸

른 채소들을 나영은 넉넉히 넣어주고 있다. 아이들이 놀기에는 운동장이다. 5호집 요 녀석들은 토종닭이라는데 주먹만 한 녀석들이 쌈닭이다. 어찌나 사나운지 어느 날 같이 풀어 놓았더니 다른 닭들이 소리 지르며 도망 다니느라 바빴다. 나영이 보기에도 정신이 혼란스러울 정도였다.

비닐하우스를 만들어 주기 전, 나영은 크게 놀란 일이 있었다. 아침에 1호집 문을 열어 주자 평소 같으면 튀어 나와야 할 요놈들이 횃대에서 움직이지를 않는 것이다.

"얘들아! 덕순아 효리야 왜 그래?"

"어제 뭘 잘못 먹었니?"

걱정되어 효리부터 날개 죽지를 잡아 꺼냈다. 이 두 녀석들의 이름은 효리와 덕순이다. 매끈한 흰털이 요염한 아씨 같아 효리, 노란 깃털이 귀티 나는 덕순이는 생긴 것도 덕스럽게 생겼지만 나영을 보면 얼른 달려와 졸졸 따라다니며 주는 것이면 가리지 않고 잘 먹어 덕순이라 이름 지었다.

"어디 아프니?"

그래도 꼼짝도 안한다. 다른 때 같으면 파닥거리며 놓아 달 라고 애걸복걸 할 것이다. 그런데 목 줄기 하얀 털 아래로 핏물이 흐른 흔적이 있다. 무섭고 놀라 나영은 가슴이 콩 당 거렸다. 손가락으로 핏물을 더듬어 보았다.

아직 마르지 않았다. 효리가 앉아 있던 그 아래 바닥에도 피가 고여 있었다.

'두 녀석이 서로 싸웠나?'

덕순이는 이렇게 친구를 물어뜯을 리 없었다. 그것도 목은 급소이다. 목을 공격 했다면 필시 짐승이 틀림없다. 삵이나 들고양이가 아닐지……. 그것도 이해하기가 어렵다.

'이렇게 철망으로 몇 겹을 덧대어 집을 만들었는데, 도대체 어떤 짐승이 어디로 들어 왔단 말인가.'

적과 실랑이를 벌이다 석고처럼 굳어버린 아이들~~, 그중 효리는 어둠에서도 빛이 나는 하얀색이어서 더 공격 대상이 되었을 것이라고 생각 되었다.

'미안하다 애들아! 지켜주지 못해서'

나영은 안쓰럽고 미안해서 어찌 할 바를 몰랐다. 다행히 두 놈 다 먹이랑 물도 잘 먹어 일단 안심은 되었으나 밤이 무서워졌다. 또 다시 공격당하면 죽을 것 같았다. 꼼꼼히 구석구석 살펴보았다. 그러나 귀신이 곡 할 노릇 아닌가!

대체 어디로 무엇이 들어 왔는지 닭 머리가 들어 갈만한 구멍조차도 없지 않은가, 나영은 머리가 텅 빈 것 같았다. 밤이 되어 밖에서 놀던 아이들이 잠자러 집으로 들어갔다. 나영은 무섭고 두려워 뜬 눈으로 밤을 새웠다.

신경은 온통 닭장 쪽으로 곤두서게 되었다. 다행히 밤새 닭장에서는 아무 소리도 들리지 않았다. 동이 트자 나영은 닭장부터 살피러 들어갔다.

'그런데 내가 왜 이렇게 무섭고 몸이 떨리지?'

나영은 뒤 돌아서 곧장 방으로 뛰어들어 와버렸다.

'조금만 더 환해지면 가도 되는 거야, 별 일 없을 거야. 그런데 왜 이렇게 무섭지?'

날이 더 환 해졌다. 닭들이 문 열어 달라고 아우성이다. 3호집 수탉 장군이는 새벽부터 '꼬끼오'를 목청이 터지도록 외친다. 어느 날인가 옆집 동이가 담 너머로 얼굴을 내밀더니 익살스런 표정을 하며,

"여보시게 여사님, 저 수탉 곤장 열대만 쳐서 귀양 좀 보내거라."

"하하~~ , 덕분에 사람 사는 동네답지 않은가."

사실은 나영도 미안하긴 하다. 새벽이면 동네가 떠나가도록 창을 하지 않나, 청소를 한다고 날마다 종일 쓰레받이와 빗자루 들고 꼬맹이 녀석들 뒤따라 다니지만 닭장 바로 옆이 동이네 텃밭이니 냄새는 오죽 날까. 그래서 나름 건강하게 키우는 토종오골계, 청계, 백봉오골계 계란을 나영은 가끔 몇 개씩 상납하곤 한다.

친구동이는 말은 그래도 텃밭에서 제법 나오는 무농약

채소들을 닭 주라며 담 너머로 한 소쿠리씩 아낌없이 퍼주는 좋은 이웃이다. 언젠가 동이가 닭장 옆에 있는 텃밭에 친구들을 데려와 풀을 뽑았는데 그 친구들 중 한명이 하는 말이 담 너머로 그녀에게 들렸다.

"에고 이게 무슨 냄새야?"

하며, 코를 싸매자 다른 친구도

"닭똥 냄새네."

하더니, 하던 일을 멈추며 얼굴을 찡그렸다. 그러자 동이는,

"냄새가 구수하기만 하구만 왜들 그러시나."

재 빨리 농담처럼 말을 던지고 호탕하게 웃으며 친구들을 데리고 서둘러 다른 밭으로 갔다.

날이 더 환해지자 닭장으로 슬금슬금 걸어 들어가는 그녀의 모습이 누가 봤어도 겁쟁이다. 나영은 효리 집부터 조마조마 하며 열었다.

'아~~ , 어쩌면 좋아.'

나영은 다리를 바르르 떨며 닭장 앞에 주저앉고 말았다. 하얀 깃털에 붉은 피가 목 아래로 범벅이 된 효리가 바닥에 쓰러져 있는 것이다. 나영은 효리를 품에 안고 엉엉 울고 말았다.

"효리야, 아가 미안해서 어떻하니. 미안하다 아가야,

얼마나 무섭고 아팠을까."

나영은 너무 미안해서 피범벅이 된 효리의 몸을 따뜻한 물수건으로 닦아 주었다. 그런 후 신문지로 싸고 또 싸매줬다. 길 건너 텃밭에 흙을 파고 묻으며 그녀는 처음으로 닭 키우기 시작 했던 것을 후회하게 되었다. 닭도 생명이거늘 제대로 배운 상식도 없으면서 무작정 키운다고 했던 것이 얼마나 무모한 행동이었나.

효리를 묻고 나서야 문제의 닭장을 해부하듯 살피기 시작했다. 그러다 빈틈이 있음을 발견하게 되었다. 전혀 예상조차 하지 못했던 곳이었다.

얼마 전, 망을 친 아래 부분에 닭똥이 쌓여 있어 그것을 치우기 위해 아래 부분을 조금 갈랐었다. 그냥은 눈에 띄지 않았는데 자세히 보니 철망이 약간 떠 있었다. 주먹을 넣어 보니 손이 그 속으로 들어 갈 수 있게 늘어나기도 했다.

'아 차, 여기였구나.'

요즘 검은 들고양이 한마리가 어슬렁거리며 다니고 있었다. 그놈이라면 효리를 물어 죽이고 구멍이 작아 가져가지를 못한 것이다. 그렇다면 또 올 것이 확실했다. 다음에는 덕순이가 목표일 것이다. 나영은 다시 몇 번을 못을 박아 틈 세가 없도록 해주었다. 곧바로 비닐하우스를 되도록 빨리 만들도록 주문해 놓고, 일단 덕순이를 다른 방으로 이동 시켰다.

닭들은 어둠에 매우 약하다. 적이 와서 물어뜯어도 도망도 못가고 소리도 못 지른다. 그대로 석고가 되어 버린다.

이 녀석들이 나영에게 와서 얼마 되지 않았을 때 일이다. 나영의 집에서 기르던 개가 한 마리 있었다. 제법 큰 토토라는 개였다. 토토는 어쩌다 목줄이 풀렸던지 날뛰고 다니다 닭장 안으로 뛰어 들었다. 철망이 부실했던 곳으로 바람처럼 뚫고 뛰어 들어 닭을 덮쳤다. 앞발로 덕순이의 목을 누르고 있을 때, 나영은 정신 나간 사람처럼 토토에게 죽일 듯이 달려들며 악을 썼다.

"토토~~ 안 돼~~ 그거 못 놔~~."

뭐라고 하고 있는지 그녀 자신도 몰랐다. 다행히 덕순이를 물기 직전에 토토는 나영에게 목덜미를 잡혀 질질 끌려 나왔다. 대 환란이 아닐 수 없었다. 토토를 묶어 놓고 나영은 닭장으로 달려갔다. 덕순이는 아까 토토에게 잡혀 있던 그 자리에 그대로 주저앉아 있고, 효리는 귀퉁이에 머리를 쳐 박고 있었다. 나영은 먼저 덕순이를 붙들어 안았다. 석고가 되어 버린 가여운 덕순이를 다독여 주고 효리에게 갔다. 효리도 놀랐는지 나영이 붙들어도 꼼짝을 하지 않았다. 이게 무슨 난리인가.

나영은 곧바로 토토를 입양 할 곳을 찾아 이리 저리 전화를 했다. 다행히 키운다는 곳이 있었다. 나영의 이종

여동생인데 도시를 벗어 난 곳에서 크게 식당을 하고 있어 잘 키우겠다고 했다.

나영은 곧바로 토토를 차에 태웠다. 안 타려고 힘깨나 쓰며 버텼지만 화가 머리끝까지 치민 그녀를 이길 수는 없었다.

"너, 이 녀석, 네가 무슨 짓을 했는지 알아? 나는 너하고 못 살아 다시는 보기 싫다. 알았니?"

나영은 냉정 했다. 생후 1개월 된, 그것도 못난이 강아지를 데려와 건강하게 2년을 키웠다. 그래도 닭한테는 밀려 난 것이다. 토토는 가는 동안 멀미를 하는지 계속 '꾸억'거렸다. 나영은 1시간 거리를 단숨에 달려갔다.

동생이 문 앞에 나와 있었다. 토토가 앉아 있던 다라까지 함께 내려 주고 나영은 곧장 집으로 돌아 왔다.

그런데 차에서 내리며 원망스럽게 바라보던 토토의 젖은 눈빛이 나영은 자꾸만 마음에 걸렸다. 토토는 무슨 말인가를 하고 있었다.

'나를 쫓아 내는 건 너무해요. 엄마가 화를 내서서 내가 닭을 죽이지는 않았는데요.'

일곱 마리 중 끝으로 나왔다는 어린 강아지는 건강하게 자랄지 걱정이 되었었다. 다리는 부들부들 떨었고, 귀는 쳐지고, 눈은 짝눈이고, 눈 꼽은 왜 그런지 자꾸만 끼고……

걱정 된 나영은,'무슨 인연이 있어 우리 집까지 와서 한 가족이 되었는지 모르지만 건강했으면 좋겠다.'는 생각에 정성을 다 했다. 족발 집에 찾아가 뼈를 구해다 고아서 주기도 했고, 닭 집에 가서 내장을 얻어다 삶아 먹이기도 했다. 한 끼도 허투로 밥을 준 적이 없었다. 그렇게 키운 토토는 자랄수록 건강했고, 사람들에게 잘 생겼다고 칭찬도 많이 들었다. 그렇게 나영에게 사랑을 듬뿍 받고 자란 녀석도 결국은 닭에게 밀려 집에서 겨나고 말았다.

대 환란이 지나간 뒤에야 상당한 댓가를 치른 '닭장 하우스'는 완성 되었다.

시골에 산다고 누구나 닭을 키우지는 않는다. 닭집도 손수 만들 줄 알아야 되고 닭을 먹잇감으로 시시때때 노리는 짐승들이 많으니 수시로 닭장에 빈틈이 없는지도 살펴야 한다. 책임감을 가지고 보살펴야 하니 나영에게는 가족과 다름없었다.

나영은 어릴 때 한동안 생 계란을 먹으며 자란 때가 있었다. 아버지는 매일 한 개씩 날계란을 잡수셨다. 그 때문에 어머니는 짚으로 만든 꾸러미에 계란 열 개씩 묶어 5일에 한 번씩 팔러 오시는 할아버지에게 두 꾸러미씩 샀다. 어머니는 생 계란을 참기름과 약간의 소금을 치고 아버지와 나영이만 아침 공복에 한 개씩 주셨다. 가마솥에 밥을 하시며 뜸들일 때 올려놓는 계란찜은 가족들 밥상에서 인기를 독차지 하곤 했다.

그런 추억 때문인지 나영은 가끔 어릴 때 생 계란을 해주시던 어머니가 생각나면 그런 계란을 먹고 싶었다. 그래서 닭을 키워 볼 생각을 한 것이다. 나영은 건강한 닭을 키우기 위해 노력을 아끼지 않는다.

사시사철 싱싱한 푸른 채소를 먹이고, 부추와 당근, 비트 등 닭들이 그냥 먹을 수 없는 것들은 썰어서 혹은 갈아서 사료와 섞어 준다. 논농사를 짓는 지인에게서는 쌀겨와 싸래기쌀을 저렴한 가격에 사서 모이에 섞어주고 닭들의 놀이 공간에는 왕겨를 깔아 가끔 교체해주기도 한다.

난실은 위생상 매일 왕겨를 갈아 준다. 잠자는 곳도 날마다 청소하여 되도록 쾌적한 환경을 만들어 주려고 노력 한다. 먹는 물은 10년이 가깝도록 항아리에 저장해 놓은 산야초 발효액을 아낌없이 섞어 아침마다 갈아 준다.

매일 먹이를 썰고 청소하고 닭들을 보살피는데 하루가 뛰어가는 것 같다. 나영은 그런 일들이 즐겁고 행복했다. 각양각색의 닭들은 생김새와 성격도 모두 다르다. 나영에게는 모두가 사랑스럽고 똥도 귀엽다.

지난여름 폭염에는 아기들을 여섯 마리나 보냈다. 건강

하던 아이들이 밤사이 뻣뻣하니 쓰러지는 안타까운 일이었다. 그때까지는 노리는 적들이 무서워 마당으로 방목까지는 하지 않았던 상태였다. 마지막 보냈던 아이는 봉순이와 형제였던 청계 까뭉이였다.

"까뭉아~~ 어디 아프니?"

기운이 없는지 나영이 가까이 가서 머리를 쓰다듬어도 까뭉이는 모래밭에 앉은체 꼼짝을 하지 않았다.

'엄마~ 나 아파요.'

나영은 가슴이 철렁 내려앉았다.

"너마져 가면 어떻게 하니."

나영은 모이를 먹지 못하는 까뭉이에게 입을 벌려 모이를 넣어주고 물도 먹여 주었다. 다행히 까뭉이는 잘 받아먹었다. 나영은 까뭉이에게 방해 되지 않도록 깨끗한 방 하나를 모기장 텐트로 마련해 주었다. 다른 애들이 혹시 때리지는 않을까 보호 차원이었다.

다음 날에도 까뭉이는 돌아다니지는 못했지만 살아 있어 주었다. 고마웠다. 나영은 까뭉이를 품에 안았다. 영양제를 모이와 물에 섞어 주고, 항생제도 먹여 보았다. 프로폴리스도 조금씩 물에 타서 먹였다.

"까뭉아~ 제발 기운을 차리고 살아줘. 힘을 내렴."

그렇게 나영의 사랑을 듬뿍 받으며 까뭉이는 가끔 일어서기도 했다. 모이를 받아먹으며 일주일쯤 되었을 때였다. 까뭉이는 목을 가누지 못하며 눈을 뜬 체 나영에게 무슨 말인가를 하고 싶어 했다.

'꾸~우~ 꾸~ 우~.'

몇 번을 신음처럼 앓는 소리를 했다. 까뭉이는 이승과 저승을 오가는 듯 했다.

"까뭉아~ 어차피 가야 한다면 너무 고통 받지 말고 갔으면 좋겠구나."

나영은 알고 있었다. 까뭉이도 얼마나 애절하게 살고 싶어 하는지…….

그리고 나영에게 '고맙다'는 말을 하고 싶은지…….

"까뭉아~ 잘가~~. 좋은 곳으로 가서 다시는 닭으로 태어나지 마라."

까뭉이는 나영의 품에서 눈을 감았다.

키우던 가족 같은 생명을 보내는 것은 슬픈 일이다. 나영은 한동안 맥이 빠져 살았다.

맨 처음 닭 3마리를 지인에게 받아 나영의 집에 들여오던 날, 그녀는 가슴이 설레었었다.

모양도 앙증맞게 생긴 것이 온 몸에 하얀 털이 보송보송하고 특히 머리 부분의 하얀 털이 꽃봉오리 같은 백봉 오골계 암 닭 한 마리, 회색깃털이 윤기가 자르르~ 흐르는 청계 암, 수 한 쌍, 이렇게 녀석들은 그 날부터 그녀와

한 가족이 되었다.

아기들이 입주한지 한 달 정도 되었을 때, 청계 암닭이 맨 먼저 초란을 낳아 주었다. 예쁘고 사랑스러웠다. 나중에 또, 어느 지인에게는 한국의 순 토종닭이라며 암 수 두 마리를 나영은 선물로 받았다.

"이 토종닭은 종자가 귀한 녀석들입니다. 잘 키워 보십시오,"

하여, 아이들 가족이 다섯이 되었고, 그 뒤 또, 중 닭 세 마리를 선물 받아 여덟 마리가 되었다.

나영과 한 가족이 된 이 녀석들은 생김새도 각각 다르고 성격도 다르다. 계란의 모양도 색깔도 맛도 달랐다. 그래서 나영은 이 아이들을 '아티스트' 예술을 창조하는 아이들이라 이름 지었다.

새로운 가족을 맞이하느라 나영은 이 십 평 남짓한 아끼던 텃밭을 귀여운 아가들에게 미련 없이 내 주었다.

해마다 상추며 둥굴레, 하얀 민들레와 취나물, 도라지 당귀 등, 봄부터 가을까지 약초에서 나물, 들꽃까지 푸르름이 무성했던 곳이었다. 작지만 나영은 생전의 어머니께서 일구신 텃밭에서 풍성하게 받으며 살았다. 나영은 또 다른 삶을 경험하기 위해 설레는 마음으로 버리고 비운 것이다.

까뭉이는 떠났어도 온실 속 합창단들의 연주는 계속 되

고, 날마다 새벽은 오고 있다. 그녀의 새로운 삶의 하루는 닭장 문을 열며 아이들과 함께 시작 된다.

보안관은 떠났어도 동이는 아들과 함께 씩씩하게 그리고 열심히 텃밭을 일구며 살고 있다. 덕분에 그곳에서 자라는 채소들은 여전히 나영의 꼬꼬들에게 즐거움을 주고 있다.

나뭇잎이 떨어지고 허수아비마저 쓰러진 들녘에 눈이 내리면, 봄을 기다리는 사람들은 하염없이 마음에 밭을 간다.

10. 레드 카펫

 엄마!, 한 동안은 되도록 혼자 있지 마시고 밤길도 조
심 하세요.”
 나영은 이혼 확정 서류를 받던 날, 아들이 당부하던 말
이 생각났다.
 “설 마, 더 해칠 일 있을라구…….”
 세찬 풍랑에도 서로 스쳐갈 뿐 헝클어짐 하나 없는 물
가에 버드나무 잔가지들처럼 마음에 빗질을 하고 싶었다.
깡말랐던 기억의 각질들이 우수수 물속으로 떨어져 둥둥
떠내려 갈 것만 같다.
 빨랫줄을 동여맨 거미 한 마리가 처마 끝을 유영하던

모기를 발견한 순간 그의 전생의 무늬가 지나가던 것처럼……

나영은 이성을 되찾고 총 정리 할 마음에 여유가 필요했다. 산책로를 걸어볼 생각으로 집을 나섰다. 시골이지만 도시의 변두리와 가까운 곳이어서 답답하지는 않아서 나영은 살기 좋은 곳이라 여기며 살고있다. 나영은 되도록 조심조심 작은 걸음으로 걸었다. 그런데 설상가상, 약간 경사진 내리막길에서 돌부리에 걸려 앞으로 냅다 고꾸라졌다. 얼마나 힘차게 몸을 내던졌던지 정신이 몽롱했다.

사람들이 웅성거렸다. 119 구조차가 도착했나 보다. 말이 나오지를 않으니 자기들끼리 무언가를 결정하고 출발했다. 왼쪽 손목과 무릎이 너무 아팠다. 나영은 한동안을 움직일 수가 없었다. 이대로 땅 속으로 사라지고 싶었다.

체력이 떨어진 상태에서 운동을 나왔다가 변을 당한 것이다. 나영이 정신줄을 놓은채 긴급 119출동 차에 실려와 서둘러 입원 수속을 했다. 간호사는 사전 절차에 필요한 서류를 내밀었다.

"보호자 사인이 필요 합니다."

"저는 보호자가 아무도 없습니다. 그냥 시술해 주세요."

나영은 어떻게 그런 말이 불쑥 튀어 나왔을까 자신도 놀랐다.

아니, 생각해 보면 그리 틀린 말도 아니다. 그런데 왜 그동안 혼자가 아니라고 착각하며 살았었던가, 나영은 가슴이 싸-아 했다.

  입원실은 2인실이었다. 전신마취로 수술시간이 상당히 걸린 것 같다. 손 목 뼈가 세 조각으로 부서지고 부러졌다. 다행히 왼손이었지만 왼쪽 다리도 성치 못했다. 일주일 뒤 하반신 마취제를 투여하고 부서진 무릎 연골도 제거하는 시술이 이루어 졌다. 정신은 멀쩡하나 4주가량 입원해야 한다니 할 일도 태산인데 이게 무슨 꼴인가 생각하니 나영은 한심하기 그지없었다. 한편으로는 이틀에 머리를 정리 할 수 있어 좋겠다는 생각이 들기도 했다.
  통주사가 링거를 통해 흘러들어도 마취에서 풀리는 수술 부위는 상당한 통증을 유발하고 있었다.
  이틀이 지나갔다. 다 저녁때쯤 한쪽 빈 침대에 입원 환자가 들어 왔다. 자신보다 두, 세 살은 아래로 보이는 그녀는 멀쩡히 걸어서 들어왔다. 같은 병실 침대에 누워있는 나영에게는 관심조차 없다는 듯, 눈인사도 없이 환자복으로 갈아입고 곧바로 침대에 누워버렸다. 멀뚱히 처다보다가 혼자만 인사하는 것도 생뚱맞아 나영은 아무 말도 하지 않고 눈을 감아 버렸다.
  다음날도 또 다음날도 서로 한마디 인사 없이 시간이

지나갔다. 나영은 안 보는 척 하면서도 계속 그녀를 주시했다. 도대체 어디가 아픈 것인지 알 수가 없었다. 의사가 회진을 돌때에도 그녀에게는 말없이 눈인사가 전부였다.

나영은 왜 그녀에게 관심을 가지고 알고 싶어 하는지 자신에게 코웃음을 쳤다. 그러나 의문은 시간이 갈수록 꼬리를 달았다.

드디어 그녀가 입원한지 일주일째 되는 날, 점심때쯤 되어 노크소리가 나고 병실 문이 슬그머니 열렸다. 나영은 들어오는 남자를 곁눈질로 힐끗 한번 보았을 뿐, 이내 자는 척 돌아누워 버렸다. 두리번거리던 남자는 거만기가 자르르 흐르는 여자에게로 다가갔다.

"유진아, 오빠 왔다."

남자는 눈을 감고 누워 있는 여자를 흔들어 깨우는 듯했다. 잠시 후 여자의 카랑카랑한 목소리가 들렸다.

"뭐 하러 와? 오빠는 나 보기 싫을 텐데 어서가, 그리고 다시는 오지도 말고."

여자가 이불을 훌렁 뒤집어쓰는 소리가 들렸다.

"이 녀석아, 그래도 오빠가 이렇게 왔는데 너무 그러지 말고 일어나봐."

"오빠 목소리도 듣기 싫어, 아무도 내편이 없어, 그러니 어서 가라구, 혼자 있고 싶어."

"그래, 그럼 그래라 이젠 너 하고 싶은 데로 해라. 나도 더는 못 말리겠다."

그렇게 말하던 남자가 잠시 뒤에 다시 여자를 달래기 시작했다. 여자의 목소리는 쌈닭처럼 남자의 말을 갈기갈기 찢었다. 남자는 지쳤는지 한참동안 아무 말이 없었다. 나영은 자는 척 누워 있기만 하기가 민망해 일어났다. 침대에서 내리며 그들 쪽으로 자신도 모르게 얼굴이 돌려지고 말았다. 순간, 그녀의 눈동자는 그 남자의 얼굴에서 멈췄다. 남자의 눈과 마주쳤다. 나영은 전혀 알지 못한다는 듯이 재빠르게 창 쪽으로 얼굴을 돌렸다. 비가 내리고 있었다. 가슴이 뛰었다.

'어디서 보았을까?' '언제 만난 적이 있었던가? 아니야, 내가 본적이 있던 사람으로 잘못 착각 한 거야. 그런데 왜 가슴이 두근거리지?'

가랑비가 조근조근 내리고 있었다. 우산을 받고 지나는 사람들이 바빠 보였다. 나영은 비를 맞으며 걷고 싶었다. 그런데 링거의 족쇄가 그녀를 묶어 놓고 있었다. 더구나 그녀의 한쪽 발은 목발에 의지하고, 우산도 없이 병실을 도망치듯 빠져 나오지 않았던가. 나영은 밖이 보이는 대합실 한쪽 의자에 걸터앉았다. 마음은 비 내리는 벌판에 퍼져 앉아 불확실한 기억의 귀퉁이를 열심히 더듬고 있었다.

 '내가 건망증이 이렇게 심했나?'

 '왜 내가 그 남자를 잊었다고 생각 했을까? 아니, 정말 잊었던 것은 아니었을까?'

 아니다, 잊고 싶었던 거였다. 자신과는 아무런 상관도 없는 남자, 명함 한 장도 받은 적이 없지 않았던가!

 나무들의 투명하던 초록빛은 언제 사라졌는지 생각해 보려 애썼다. 나영은 자신의 머릿속엔 그 시간들이 큰 공백일 뿐이었다. 어느새 불투명의 짙은 초록빛깔이 거리를 차지하고 있었다. 이렇게 여름이 성숙해 가도록 자신은 무얼 했던가. 돌이킬 수 없는 시간의 흔적들은 나영을 마흔을 훌쩍 넘긴, 희망 없는 '아줌마'로 더욱 늙어가게 했다.

 짧은 시간 동안 자신을 '아줌마'라는 존칭을 잃어버리게 해주었던 그 남자, 아이들의 어머니이며 희수의 아내라는 것을 잊게 해준 남자, 그를 잠시 전 본 것이다. 분명히 그였다. 우연일까? 아니면 필연이란 말인가.

 "저, 안녕 하세요."

 나영은 깜짝 놀라 소리 나는 쪽으로 고개를 돌렸다. 순간 죄지은 사람처럼 숨이 멎는 듯 했다.

 "아, 네- 안녕하세요."

 "우리 언젠가 만난 적 있지요?"

그 남자가 확실했다. 나영은 대답 대신 가슴이 또, 말썽을 일으켰다. 걷잡을 수가 없이 뛰었다. '내가 주책없이 왜 이러지?' 그녀는 이런 감정을 전에 가져 본 일이 없었던 것 같았다.

"저 모르시겠어요? 제주도 가실 때 비행기 안에서……."

"아, 그렇군요. 어디서 뵌 분 같았습니다."

나영은 시침을 뚝 떼고 바보처럼 천연덕스럽게 말했다.

남자는 나영이 앉아 있는 의자에서 한자리 띄어 앉았다. 나영의 가슴은 계속 뛰고 있었다. 잊은 척 했지만 이 남자가 늘 가슴 한자리에 있었다는 것을 이제 자신도 부인할 수가 없었다. 그녀는 얼빠진 사람처럼 눈길을 어디에 두어야 할지 몰라 허둥댔다.

남자는, 그 짧은 순간에도 비행기의 옹색한 창으로 비쳐들던 빛이 나영의 알맞게 솟은 콧날과 흰 뺨을 어루만지던, 그 음영을 떠 올리며 나영의 허둥대는 시선을 따라다녔다.

"비를 좋아 하십니까?"

남자는, 나영의 어찌할 줄 몰라 하는 어색함을 도와주려는 듯 조용히 물었다.

"네……."

"저도 많이 좋아합니다."

나영은 알 수 없는 통증이 느껴졌다.

"그 날, 담배 사러 잠간 가게에 들렀는데 사라지셔서 영 못 보게 되나 많이 아쉬웠습니다. 그런데 이렇게 불미스런 모습을 보이긴 했지만 병원에서나마 다시 만나게 되니 쑥스럽기는 해도 반갑습니다."

이상했다. 이 넓고 넓은 땅에서 이렇게 또다시 만날 수 있다니……. 신기했다. 꿈만 같았다. 나영은 비행기 안에서의 두근거림이 다시 이어짐을 느꼈다.

남자는, 다리는 왜 그러냐고 물었다. 자기는 ○○동에 산다는 것과 사무실은 가까운곳에 있다고 말했다. 동생이 빚 보증을 잘못서서 집안이 큰 낭패를 보았으며, 그로 인해 집안이 혼란에 빠졌다고 난감한 표정을 지었다. 동생은 여기저기에서 질타를 받다 혼자 자동차를 가지고 나가 결국은 접촉사고까지 내게 되었다고 조금 전의 상황을 설명해 주었다. 다행히 다치지는 않았으나 동생은 정신적인 환자라고 했다.

나영은 착한 여자처럼 아, 네, 만 반복하며 남자가 하는 말을 다소 곳 들으며 ○○동이라는 말에 귀를 쫑긋 세웠다. 나영이 살고 있는 곳에서 가까운 곳이었다.

"잠깐 전화 좀 주시겠습니까?"

그는 갑자기 나영의 전화를 달라고 했다. 나영은 얼결에 휴대 전화를 그에게 주었다. 번호를 누르더니 신호음을 확인하고 전화를 닫아 다시 그녀에게 주었다.

"제 이름은 서 종우 입니다. 제 전화번호를 찍어 두었습니다."

그러니 입력해 두라고 말하는 남자의 얼굴을 나영은 처음으로 빤히 쳐다보았다. 무엇이 저 사람을 저토록 자신감 넘치게 했을까? 그런 생각을 하다 나영은 깜짝 놀라 눈을 마주친 남자에게서 얼른 자신의 멋쩍은 시선을 가져왔다.

"성함 좀 여쭤 봐도 되겠습니까?"

나영은 머뭇거리면 더 어색 할 것 같았다.

"이 나영입니다."

잘 못 알아듣게 될까봐 또렷하게 알려 주었다. 남자는 곧 식사대접 한번 하고 싶다고 말하며 전화해도 되겠느냐고 물어왔다. 나영은 고개를 끄덕이며 얼굴이 화끈 달아오름을 느꼈다.

이상한 현상이었다. 그녀는 조용조용 움직였다. 심장이 벌렁거리는 이 느낌은 대체 무엇일까? 나영은 거실 창문 커튼을 가만히 갈라 열었다.

'아! 너였구나. 가랑비, 너 였어……'

나영은 그윽한 신음 같은 소리를 냈다. 그 때처럼, 반갑고도 슬픈 비가 내렸다. 살금살금 다가오는 발소리에도 나영은 고개를 돌리지 않았다. 누군가 살금살금 발뒤꿈치를 들고 다가왔다. 두 팔로 나영의 허리를 꼬-옥 감쌌다.

"엄마, 뭘 보고 있어요?"

"응, 비 오는 소리가 좋구나."

"엄만 아직두 소녀야?"

아들은 나영의 앞으로 다가 서더니 익살스런 표정을 지었다. 언제 이렇게 컷을까, 나영이 고개를 들고 아들을 올려다보게 했다. 아직 어리게만 보았던 아들은 어느새 어른이 되어 가고 있었다.

"왜, 엄마는 아직 소녀이면 안 되니?"

"아니, 뭐 그런 건 아니지만……."

나영은 가슴 한구석이 허전했다. 아들은 친구와 만나기로 했다면서 엄마를 내 던지듯 하고 나가버렸다.

'아들아! 엄마도 마음은 아직두 소녀란다. 비가 오면…….'

나영은 비를 바라보며 호주머니에든 전화기를 만지작거렸다. 행여 전화기가 꺼지진 않았는지 자꾸만 살폈다. 마음이 진정되지를 않았다. 답답해서 어딘가로 뛰어 나가고도 싶었다.

'내가 해 볼까? 아니야, 그건 아닌 것 같아'

나영은 정신이 나도록 세차게 도리질을 쳤다. 그리고 안되겠다 싶어 옥희를 불러 수다라도 떨어야 하겠다고 생각하며 전화를 걸었다. 나영은 화장을 하기 위해 거울 앞에 앉았다가 깜짝 놀랐다. 거울 속에는 종우가 서 있었다.

나영은 누구에게라도 사랑받고 싶었다. 시간이 흐를수록 종우의 생각 속에서 자신이 지워지는 것 같아 두렵기까지 했다. 이때, 전화벨이 울렸다. 나영은 놀란 토끼처럼 벌떡 일어나 앉았다. 종우를 떠 올리며 수신자를 확인했다. 아! 그에게서 전화가 왔다.

"여–보–세–요?"

나영은 띄엄띄엄 기어들어 가는 소리를 냈다. 목소리를 높이면 행여 그가 연기처럼 사라지지나 않을까, 풍선처럼 터져서 산산 조각이 나질 않을까 염려 되었다.

"안녕하세요? 서 종우입니다. 그간 잘 계셨습니까?"

그는 그동안 정신없이 바빴다면서 오늘 만나자고 했다. 종우는 나영의 말소리에서 예사롭지 않은 기쁨의 기미를 알아차렸다. 나영을 데리러 집 쪽으로 오겠다는 말을 마치 오랜 친구처럼 스스럼없이 던지고 그는 전화를 끊었다. 약속시간 까지는 한 시간이 남았다. 머리부터 감아야 했다. 무엇을 어디서부터 어떻게 손을 대야 할지 중심이 잡히질 않았다.

이런 감정이 얼마만일까? 나영은 다시금 자신을 뒤돌아보았다. 허허 벌판에 혼자 내던져 진 것 같던 늙어버린 아줌마였다. 희수의 가슴에서 버려진지는 이미 오래 되었다. 아이들도 다 자라 저희들 갈 길을 가고 있다.

나영은 다시 거울 앞에 앉았다.

'나는 누구인가? 무엇을 위해 여기까지 뛰어 왔는가? 지금은 어디로 가려 하는가?'

무섭도록 차분한 목소리로 자신에게 물어 보았다. 답은 없었다. 다만, 오늘 만나는 종우라는 남자로 인해 자신의 인생이 어떻게 바뀌든 모든 것은 희수가 만들어 놓은'정원'이라고 변명처럼 중화 시켰다. 나영은 수수께끼 같은 자신의 미래에 가슴이 뛰었다.

'나는 여자다. 나는 여자야!'

나영은 거울 속에 비친 자신에게 속삭이듯 중얼거렸다.

'이렇게 내가 사랑스러워 본 적이 언제 있었던가?'

그녀는 오랜만에 몸이 날을 듯 가벼워짐을 느꼈다. 나영은 희수를 잊으러 가고 있다. 아니, 희수와는 반대편으로 걸어가는 것이다. 되도록 멀리 떠나버리고 싶었다. 자신에게는 이미 다른 남자가 들어 와 있지 않은가! 따뜻하고 부드럽고 편안한 목소리의 남자, 그것은 분명 회임이었다. 핏줄과 살갗, 뼈와 심장까지, 그의 태동이 느껴졌다. 나영은 사고 후 많은 것들을 정리했다. 닭을 키우는 일도 대폭 축소시켰다.마음이 홀가분 했다.

서쪽 하늘이 타오르는 불처럼 붉다. 외계의 지적 생명체인 행성 니비루가 붉은 구름을 앞세우며 오고 있다. 태양계를 둘러싸고 보호하는 전초병 오르트구름이다. 구름은 지구에서 70광년이나 먼 카이퍼벨트 너머에서 나영에게로 달려오고 있는 것이다.

나영은 지금 그 불타는 방향으로 마주 걸어가고 있다. 밭에 뿌려진 거름 냄새도 좋고, 푸릇한 산과 들에서 풍기는 넉넉한 초록 냄새도 한없이 좋다. 어깨뼈와 함께 다리 하나가 절름거리면 좀 어떤가, 살아 숨 쉴 수 있기에 가슴 가득가득 일렁이는 세포들, 콧등을 스치고 지나는 가만한 바람도 좋다. 가슴 설레이게 하는 붉은 구름, 나영은 지금 이 순간이 한없이 행복하다.